# La ballade du café triste

DU MÊME AUTEUR
AUX ÉDITIONS STOCK

Le Cœur hypothéqué

Frankie Addams

Reflets dans un œil d'or

L'Horloge sans aiguilles

Le cœur est un chasseur solitaire

Bibliothèque Cosmopolite

Carson McCullers

# La ballade du café triste

et autres nouvelles

Traduit de l'anglais (États-Unis)
par Jacques Tournier

Stock

TITRE ORIGINAL

The ballad of the sad café

# Préface

J'ai sous les yeux une photographie. Ce qui frappe d'abord, c'est la coiffure. Une petite frange raide, qui ne cache que la moitié du front, et lui coupe le visage en deux – à droite, c'est une jeune fille ; à gauche, on dirait un garçon. Elle porte une chemise d'homme, à col ouvert et manches boutonnées. Au poignet, une grosse montre. J'aperçois même des bretelles. La main droite, très longue, soutient le visage qui se détourne et regarde ailleurs. Comme pour dire : « Vous avez tenu à me photographier. Soit. Je m'y prête. Mais faites vite. J'ai peu de temps à moi. » C'est en 1943. Carson vient d'avoir vingt-six ans. Elle a publié deux romans : *Le cœur est un chasseur solitaire*, en 1940, *Reflets dans un œil d'or*, en 1941. Tout de suite elle est célèbre. Tout de suite on la considère comme l'un des romanciers majeurs de la génération nouvelle, celle qui prend déjà la place des grands anciens (Hemingway, Faulkner, Dos Passos). Elle vit en communauté, dans une étonnante maison de Brooklyn, louée par le rédacteur en chef du *Harper's Bazaar* : quatre étages de chambres où s'installent, pour trois jours ou six mois, tous ceux qui commencent à se faire un nom à New York, dans ces années-là, comme écrivains, compositeurs, peintres ou chorégraphes, de Benjamin Britten à Christopher Isherwood, en passant par une stripteaseuse superbe, Gypsy Rose Lee, qui collectionne des tableaux abstraits. Depuis deux ans, Carson travaille à son troisième roman : *Frankie Addams*. Mais elle y travaille avec difficulté. C'est la guerre. L'Amérique prépare le débarquement en Europe et soumet ses soldats à un entraînement intensif. Parmi eux, Reeves McCullers qui commande le second bataillon des Rangers. Carson a épousé Reeves en 1937, a divorcé en 1941. Mais elle n'a pas cessé de lui écrire, de le revoir, surtout depuis qu'il est mobilisé. Elle a peur. Une peur qu'on entend battre dans *Frankie Addams*. À cause de la guerre, mais aussi (peut-être surtout), à cause de ce sentiment qu'elle découvre en elle et qu'elle comprend mal, qui l'attache à Reeves de nouveau comme une forme d'amour inconnue. Ce regard détourné qu'elle a sur la photographie, sur quoi se pose-t-il ? Sur des images du futur et des images du passé. Sur cet homme qui sera bientôt envoyé en Europe, et sur celui qui, six ans plus tôt, l'a demandée en mariage, et elle a répondu oui car il était le premier à l'avoir embrassée. C'est le même homme, et pourtant il est double. À la fois fort et faible, mi-homme mi-femme comme elle. Et il commence à se glisser dans le décor de *Frankie Addams,* dans cette petite ville du Sud qui est celle de sa naissance. Elle le voit marcher dans la grand-rue. C'est un soir d'avril doux et calme. Il est comme une ombre. Celle d'un bossu portant une valise. Mais une autre le suit. L'ombre d'un garçon trop beau, qui porte en lui l'amour et sa blessure et qui réclame sa vengeance. Bientôt elle ne peut plus travailler à son roman. Elle l'abandonne brusquement, quitte la maison commune de Brooklyn, s'enferme à Yaddo, et, en six semaines, sans reprendre souffle, sans presque jamais revenir en arrière, entraînée par une sorte de rêve halluciné où se confondent son enfance, son amour et la guerre, elle écrit *La ballade du café triste.*

« *La ville même est désolée. Il n'y a guère que la filature, des maisons de deux pièces pour les ouvriers, quelques pêchers, une église avec deux vitraux de couleur, et une grand-rue misérable qui n'a que cent yards de long.* » Dès la première ligne, c'est Colombus, en Géorgie, ce qu'on appelle le *Deep South,* le Sud profond, le cœur du pays, où elle est née le 19 février 1917. Son père, Lamar Smith, est horloger-bijoutier. Sa mèren, Marguerite, a la passion de la musique. En vérité, elle rêvait d'avoir un fils, qu'elle aurait baptisé Caruso pour qu'il devienne un grand ténor. Puisque l'enfant est une fille, elle change une lettre et l'appelle Carson (qui est un prénom de garçon). Pour consoler sa mère, la petite Carson manifeste très tôt des dons de musicienne. À cinq ans, son père lui achète un piano. Un vrai. Elle en joue si vite et si bien qu'on lui donne un professeur : Mrs Alice Pierce, qui s'avoue bientôt dépassée par son élève. On confie alors Carson à la femme d'un colonel, Mrs Tucker, qui vit à Fort Banning, un camp militaire près de Colombus, et qui déclare (après l'avoir entendue jouer la deuxième rhapsodie hongroise avec « une énergie de forgeron ») qu'elle a les dons voulus pour faire une carrière de virtuose. Marguerite Smith est aux anges. Elle s'était à peine trompée dans ses rêves : au lieu d'un grand ténor, elle a mis au monde une grande pianiste. Carson a dix ans. Elle n'est plus fille unique (son frère Lamar est né en 1920, sa sœur Margarita en 1923), mais sa famille la considère comme un être d'exception, une sorte de génie, et l'élève en conséquence. À dix ans, c'est un jeu fascinant de se sentir *différent* des autres. Carson joue à l'être. Elle accentue son physique de garçon manqué, toujours vêtue d'un short et d'une chemise de polo, les cheveux coupés courts, plantant des couteaux dans les portes, fumant en cachette et construisant des planeurs. Dans le même temps, elle écrit des pièces de théâtre, qu'interprètent son frère et sa sœur devant la famille assemblée. À treize ans, la découverte d'O'Neill la conduit vers des sujets trop graves pour de si jeunes comédiens (l'une de ses pièces parle d'inceste et de vengeance; dans une autre, intitulée *Le Feu de la Vie*, Jésus-Christ dialogue avec Nietzsche). Elle préfère en donner des lectures publiques. Elle écrit également un roman : *La Flûte de Pan*, dont le manuscrit a été perdu, et une nouvelle qu'elle juge suffisamment réussie pour la faire lire à sa famille, *Sucker*[1], où l'on trouve déjà les thèmes de la solitude et de l'amour non partagé. À quinze ans, tout change. Elle ne supporte plus d'être *différente*. Le jeu tourne au drame. Personne plus qu'elle (sans doute à cause de son ambiguïté physique) n'a traversé l'adolescence avec un tel déchirement. Personne mieux qu'elle (c'est le thème majeur de son œuvre) n'a su en parler. Comme Mick (dans *Le cœur est un chasseur solitaire*), comme Frankie Addams, elle souffre d'être trop grande, trop maigre. Elle a l'impression que le monde la rejette. Elle s'enferme de plus en plus dans ses « chambres intérieures », s'évade vers le rêve et l'imaginaire. Elle voudrait s'arracher à Colombus, à sa famille, à cette enfance où elle étouffe, et savoir ce qu'il y a derrière les portes qui s'ouvrent. Elle est prise par la fièvre des voyages. (Par d'autres fièvres aussi, celles qui donnent aux jeunes filles le sentiment que les lits sont trop larges, les nuits trop longues, et qu'en prêtant l'oreille, elles pourront entendre, venant du quartier noir, le rire étouffé d'une femme, le gémissement doux d'un homme, et que ces voix les emporteront comme une sombre rivière, vers

1. Cette nouvelle fait partie du recueil *The Mortgaged Heart* (*Le Cœur hypothéqué*).

des villes sous la neige). En 1934, le colonel Tucker est nommé dans une autre garnison. Obligée de suivre son mari, Mrs Tucker interrompt ses leçons de piano, mais elle estime que Carson possède une technique suffisante pour s'inscrire à la plus célèbre école de musique des États-Unis : l'Académie Julliard de New York. C'est l'occasion de fuir.

Intervient ici la bague de Grand-Mère. L'inscription à l'Académie Julliard coûte cher. Les Smith ont peu d'argent. Mrs Smith, décidée à tout sacrifier pour la carrière de sa fille, sort alors d'un coffret un diamant monté en bague et serti d'émeraudes qui lui vient de sa mère. Mr Smith, bijoutier, le vend un bon prix. Carson enferme les billets de banque dans sa valise et s'embarque aussitôt. C'est en février 1935. L'histoire traverse alors un long banc de brume où la vérité se détache difficilement du romanesque. Il semble qu'il y ait eu à New York une amie de Colombus, que cette amie ait proposé à Carson de partager sa chambre, que Carson ait refusé de faire un pas sans emporter tous ses billets de banque avec elle, qu'elle se soit pourtant décidée à les confier à son amie, avant de prendre le métro, par peur des pickpockets, et que le soir même, l'amie, en pleurant, avait prétendu qu'on l'avait volée. Vrai ou faux? Peu importe, car lorsque la brume se dissipe, Carson vient de prendre une décision capitale : plus d'argent, plus d'Académie Julliard, donc plus de carrière de virtuose. Elle dit à jamais adieu à la musique. Et pour ne pas retourner, tête basse, à Colombus, elle s'inscrit aux cours de création romanesque et de technique littéraire que donne Sylvia Chatfield Bates à l'université de Colombia. Comme ces cours ont lieu le soir, elle travaillera dans la journée pour les payer. Et, bien entendu, elle cherchera une autre chambre.

Une pareille décision se prend-elle vraiment en une nuit ? La lecture de *Wunderkind* permet de mieux comprendre ce qui s'est passé. Tout y est dit des enfants que leurs professeurs considèrent comme des génies et qui finissent par ne plus pouvoir jouer tant est grande leur frayeur de décevoir. Prise entre sa mère et Mrs Tucker, Carson respirait de plus en plus mal. Sa santé n'y résistait pas. Une crise de rhumatisme articulaire mal soignée lorsqu'elle avait dix ans lui avait laissé un cœur fragile. Une pneumonie contractée à douze ans provoquait chaque année de pénibles rechutes. Travailler son piano huit à dix heures par jour, comme on l'exige des futurs virtuoses, représente un effort musculaire qu'elle ne parvenait plus à fournir. Elle découvrait en même temps l'écriture. Elle découvrait qu'elle n'appartenait pas seulement à la race des interprètes mais à celle des créateurs, et qu'au lieu de faire revivre sous ses doigts un univers inventé par d'autres, elle était capable d'inventer le sien. L'argent volé n'a fait que rendre nécessaire un choix qui mûrissait depuis longtemps. La vraie naissance de Carson date de cette nuit-là. Et Tennessee Williams aura raison d'écrire plus tard : « *Un jour, en un point des labyrinthes mystérieux et glacés du métropolitain de New York, point qui se situe vraisemblablement entre un distributeur automatique de chewing-gum et une diseuse de bonne aventure en cire, il sera nécessaire d'apposer une plaque de bronze à la mémoire de cette équivoque fripouille qui a disparu avec l'argent destiné aux études musicales de Carson. Car, pour paraphraser l'un des clichés favoris des rédacteurs de spots publicitaires destinés à la télévision, nous y avons peut-être perdu une grande musicienne, mais nous y avons gagné un grand écrivain.* »

Le futur grand écrivain suit, pendant un an, les cours de Sylvia Chatfield Bates, avec une énergie retrouvée de « forgeron ». Elle fait tout de suite preuve d'une puissance de travail exceptionnelle qui, pendant dix ans, ne se démentira pas. Elle écrit un grand nombre de nouvelles (réunies après sa mort dans le recueil : *Le Cœur hypothéqué*) qui sont par rapport à ses romans futurs comme les gammes du pianiste ou le carnet de croquis d'un peintre. Des esquisses où s'affirment déjà, beaucoup plus qu'une technique d'écriture, un regard et une voix. Ses maîtres ne sont pas, comme on pourrait s'y attendre, les romanciers américains de la génération précédente, pas même Faulkner qui a pourtant marqué tous les écrivains du Sud, mais des Européens (Flaubert, Tchekhov, Dostoïevski), qui la conduisent peu à peu vers « *l'univers miraculeux et solitaire des histoires linéaires et de la vie intérieure* ». Elle travaille avec d'autant plus de passion que Sylvia Bates ne la considère pas comme un « génie » et critique ce qu'elle écrit d'une façon très directe et très simple. C'est en décembre 1936 qu'elle devient définitivement écrivain. Le magazine *Story* publie pour la première fois un texte d'elle. C'est justement la nouvelle *Wunderkind* qui marque ainsi son adieu au monde de la musique et son entrée dans celui des lettres.

*Wunderkind* est encore signé Carson Smith. Mais elle sait déjà qu'elle s'appellera bientôt McCullers.

« *L'amour-passion, individuel (le vieil amour de Tristan et Yseult, l'amour d'Éros), a moins de prix que l'amour de Dieu, l'amitié (l'amour d'Agapé, Dieu grec des banquets, Dieu de l'amour fraternel), l'amour de l'être humain. C'est ce que j'ai essayé de montrer dans* La Ballade du café triste, *à travers l'étrange amour que Miss Amelia porte au petit bossu, Cousin Lymon*[1]. »

Reeves McCullers était très beau – peut-être le plus beau soldat de Fort Banning où il était caporal. Vingt-deux ans, des ancêtres irlandais, né dans le Sud lui aussi, à Jesup, en Géorgie, bien fait, des muscles durs, des yeux gris langoureux, des cheveux blonds et bouclés. Un charme étrange émanait de lui, charme qui agissait sur tous ceux qui l'approchaient, hommes et femmes, et jusqu'aux animaux. C'est par les Tucker que Carson l'a connu. Plus exactement par un ami des Tucker, Edwin Peacock, qui était devenu un

1. Notes sur l'écriture (*Le Cœur hypothéqué*).

grand ami de Carson, et à qui elle écrivait tous les jours depuis qu'elle était à New York. Dans une de ses lettres, Edwin lui parle d'un jeune caporal qu'il vient de rencontrer et qui est devenu son ami intime. Il souhaite que Carson le connaisse. Il est sûr qu'ils s'aimeront beaucoup. Ils s'aiment, en effet, dès qu'ils se voient. C'est en juin 1936. Ils s'aiment, et pourquoi chercher à comprendre ? Elle dira plus tard : « *C'est le seul homme qui m'ait embrassée.* » Pour une jeune fille du Sud cela suffisait peut-être. Quand la porte des chambres se ferme, il ne reste plus que la nuit. La jeune Frances de *Wunderkind* était, sans le savoir, amoureuse de son professeur. Carson, sans le savoir, supportait mal la solitude où l'avait laissée le départ de Mrs Tucker. Qu'un jeune homme lui tende la main et l'embrasse, aussitôt elle est prise. Il parle aussi. Il dit que l'armée n'est pas son véritable univers, qu'il rêve d'être écrivain. Elle cherchait son double. Elle croit le reconnaître. À deux, l'espérance est plus forte. Et puis, pendant l'hiver, elle est gravement malade. Une nouvelle crise de rhumatisme articulaire. Au même moment, grâce à un héritage inattendu, Reeves peut démissionner, quitter l'armée, et venir la rejoindre à New York. Elle met trois longs mois à guérir. Pour sa convalescence, elle a besoin du Sud. Il l'accompagne, s'installe à Charlotteville et trouve une situation de comptable. Il épouse Carson à l'automne 1937. Edwin Peacock est son témoin.

Pendant trois ans, c'est l'amour-passion, le vieil amour à la Tristan et Yseult. Carson écrit. Reeves travaille. Le soir, elle lui lit ce qu'elle a écrit. Il l'aide à corriger. Elle a commencé un roman, *Le Muet*. Elle ne sait pas encore que c'est un roman. Elle écrit en aveugle. Un jour, en marchant dans la rue, elle découvre, dans une brusque illumination, le sens de son livre et son architecture. Elle est toujours en correspondance avec Sylvia Bates et la tient au courant de ses travaux. Sylvia lui suggère d'envoyer les premiers chapitres du livre à la Houghton Mifflin Company qui accorde des bourses aux jeunes écrivains. Elle reçoit 1500 dollars.

Voilà qui va remettre en cause la promesse faite à Reeves. Il était entendu que chacun des époux se consacrerait pendant une année à sa vocation d'écrivain, tandis que l'autre travaillerait pour faire vivre le ménage. Carson avait écrit un an. C'était au tour de Reeves. Mais cette bourse obtenue, tout en la libérant des soucis matériels, oblige Carson à continuer son roman. Reeves attendra donc. Elle met trois ans à écrire ce *Muet*, qui deviendra *Le cœur est un chasseur solitaire*. On sait l'accueil qu'il a reçu, et la notoriété acquise par Carson du jour au lendemain. Mais sans attendre de savoir si ce premier livre aurait du succès, elle en a commencé un autre. Ou plutôt n'est-ce pas Reeves qui l'a commencé ? À bien lire *Reflets dans un œil d'or*, qui se déroule dans un camp militaire, dans un cadre qu'elle a sans doute connu à travers les Tucker, mais qui est si loin d'elle, si différent de celui, toujours le même, qu'elle a donné à ses autres livres (car ce qu'elle écrit est *avant tout* autobiographique), on est en droit de se demander si elle n'a pas tenu un temps la main de Reeves, en travaillant sur un sujet fourni par lui et nourri de ses souvenirs de soldat, avant de prendre la plume elle-même et de tout récrire, tant il devenait évident qu'il n'avait aucun don d'écrivain. Une phrase de la préface qu'elle écrira plus tard pour sa pièce, *La Racine carrée du merveilleux*, sonne étrangement : «*Mon mari a toujours voulu devenir écrivain et son échec dans ce domaine est l'une des blessures qui ont provoqué sa mort.*» En 1941, on n'en est pas encore à la mort, mais au divorce. Ce double n'était pas son double. Comment faire son métier quand celui qu'on aime est déchiré par votre succès? Comment s'enfermer dans les chambres et vivre l'amour-passion quand celui qu'on aime se replie sur lui-même? Carson garde le nom de McCullers (peut-être est-ce le seul moyen pour Reeves de se croire encore écrivain) et va s'installer à Brooklyn, en communauté, dans cette maison de quatre étages où personne ne jalouse personne, car tous ceux qui sont là ont affirmé leur vocation. Elle quitte Éros pour Agapé – pour l'amour fraternel et pour l'amitié.

Mais c'est en 1941 que l'Amérique entre en guerre.

En novembre 1943, Reeves McCullers et son régiment sont cantonnés à Fort Dix, à côté de New York, d'où ils doivent s'embarquer pour l'Europe. Carson va y passer quelques jours. Avant de repartir, elle donne rendez-vous à Reeves, à la fin de la guerre, sur la terrasse du Brevoort Hotel de New York. En rentrant, elle écrit à Edwin : «*Reeves est tellement beau. En le regardant, et en pensant aux dangers qu'il va affronter, je suis comme remplie d'horreur. Mais je suis très heureuse que nous ayons pu ainsi nous retrouver. Nous avons traversé ensemble tant de chagrins, nous avons tellement cherché à nous détruire l'un l'autre – mais grâce à ces quelques jours, j'ai l'impression que toutes ces choses horribles sont très loin désormais. Je l'ai toujours si tendrement aimé. Et maintenant, sachant dans quel genre de combats vont être engagés les Rangers, l'attente entre chaque lettre va être très éprouvante. Que Dieu le garde.*»

Dans le même temps, le *Harper's Bazaar* publie *La ballade du café triste*[1].

Carson reprend *Frankie Addams*, mais elle ne parvient pas à écrire. Le 25 juin 1944, elle reçoit un télégramme du War Department. Reeves est le premier soldat américain blessé pendant le débarquement de Normandie. Il faut longtemps avant d'apprendre que la blessure n'était pas grave. Reeves a déjà regagné le front. Il sera blessé trois fois. Carson attendra des nouvelles avec une

1. Qui ne paraîtra en librairie qu'en 1951, dans le recueil des œuvres complètes de Carson McCullers.

angoisse de plus en plus grande. (Elle écrit à Edwin : «*La tension dans laquelle je vis à cause de Reeves est tout simplement atroce.*») D'autant plus atroce qu'elle sent rôder la mort. Son père meurt cette année-là. Sa mère et sa sœur quittent Colombus et la rejoignent à New York. Elles achètent une maison pour y vivre toutes les trois. Carson essaie toujours de travailler à *Frankie Addams.* Elle recommence certains passages plus de vingt fois. C'est devenu pour elle comme un cauchemar, un livre *monstrueux*. Enfin, en janvier 1946, un télégramme de Reeves lui rend la vie. Juste trois mots : *May Be Home.* («Peut-être rapatrié.») Le rendez-vous sur la terrasse du Brevoort Hotel a lieu en février. Ce jour-là, ils décident de se remarier. La cérémonie a lieu à New City, le 26 mars 1946. Un an plus tard, *Frankie Addams*, enfin terminé, paraît en librairie.

Et le temps de création s'achève.

Dix ans. Qu'encadrent les deux mariages avec Reeves. Dix ans pendant lesquels elle aura écrit quatre livres admirables et une quinzaine de nouvelles. Et puis? Pendant les vingt ans qui lui restent à vivre? Rien?

Pas vraiment rien. Mais rien qui ait la même force ou la même importance. D'abord, sur les conseils de Tennessee Williams, une adaptation théâtrale de *Frankie Addams*, jouée à Broadway en 1950 avec un succès considérable. (Elle a été montée à Paris, en 1951, avec Clotilde Joanno, étonnante garçon-fille en blue-jean et cheveux courts, dont on découvrait pour la première fois le visage.) Ce succès de Broadway aurait pu servir de tremplin à Carson, qui aimait tant écrire pour le théâtre quand elle avait quinze ans. Mais non. Elle y reviendra en 1954, avec une pièce maladroite, *La Racine carrée du merveilleux*, qui met en scène une femme ayant épousé deux fois le même homme, et se demandant si elle ne va pas l'épouser une troisième fois. La pièce est un échec. À cette époque, Reeves est mort. Il s'est suicidé à Paris, en décembre 1953, dans une chambre d'hôtel. Il était seul. Carson l'avait quitté pour regagner l'Amérique. Depuis leur remariage, ils n'avaient pas cessé de voyager, d'un pays à l'autre, d'une maison à l'autre, avec des amis, avec des chiens, effrayés d'être seuls, comme à la poursuite de quelque chose qui leur échappait – peut-être des images, des forces d'amour, des illusions de leur jeunesse. Les combats avaient repris. Ils se déchiraient de nouveau, ils essayaient de se détruire. C'est la lutte à mains nues de Miss Amelia et de Marvin Macy. Mais elle n'avait pas la même franchise. Tout était bon, l'alcool, la drogue, et jusqu'aux problèmes d'argent qui les dévoraient. (On retrouve un écho de ces années-là dans la nouvelle *Un problème domestique*.) Et puis, cette ennemie grise, la maladie, les harcelait. De mois en mois, des rechutes, des accidents, des poignets cassés, des paralysies. Où est le visage de Mick ? Celui de Frankie ? La petite fille a des yeux si grands, si perdus... Elle écrira pourtant un dernier livre. Un livre qu'elle mettra dix ans à achever *L'Horloge sans aiguilles*, titre admirable où apparaît l'image de son père, comme un dieu capable d'arrêter le temps. Mais c'est un livre essoufflé, presque sans voix, un grand livre courageux et inerte, comme si toutes ses forces de création étaient déjà atteintes par le cancer dont on l'opérera en 1962. Morte en sursis, qu'une hémorragie cérébrale emporte, à l'âge de cinquante ans, le 29 septembre 1967.

«*Elle ne me quittera pas, j'en suis certain. Parce que je suis faible. Et cette faiblesse, je ne m'en glorifie pas, je m'en sers, tout simplement.*»

Qui parle ainsi ? Cousin Lymon ? Phillip, le personnage de *La Racine carrée du merveilleux*, qui a le visage et la voix de Reeves ? Ou Reeves lui-même ? Miss Amelia n'en sait plus rien. Elle les confond dans sa mémoire. Où est Reeves ? Enterré à Neuilly, seul, et sa tombe est déserte. Le visage appuyé sur sa main droite, le regard détourné, enfermée dans sa chambre haute, Miss Amelia se souvient. Il était beau. Beau comme le soldat Williams qui galopait nu sur son cheval. Mais il voulait l'entraîner vers la prison étouffante de l'amour-passion. Elle l'avait repoussé, comme elle avait repoussé Mervin Macy. Alors il était revenu vers elle sous la forme d'un bossu, faible et fragile comme un soldat blessé, et elle s'était laissé reprendre. Et la ville entière avait envahi sa maison, sa solitude s'était enfin rompue, la fascination des cafés avait joué sur elle (comme elle a joué sur Mick, et sur Frankie, et sur le petit vendeur de journaux de la nouvelle *Une pierre, un arbre, un nuage*). La fascination des salles où il fait chaud, où le poêle est rouge, où chacun boit et mange, et parle fort, et qu'importe qu'il fasse froid de l'autre côté des vitres ? Ici, c'est un monde d'amour fraternel et vivant. Et le dernier client parti, elle montait à l'étage avec Cousin Lymon, et la porte des chambres se refermait sur eux. Qu'importe alors qu'elle ait été vaincue ? Que Cousin Lymon ait fait alliance avec Mervin Macy pour la trahir, et la voler, et faire de sa maison une tombe déserte ? Elle l'avait reconnu sous son masque. Mais pendant un temps qu'elle ne mesure pas, car l'horloge n'a plus d'aiguilles, elle a vraiment trouvé son double. Celui contre lequel elle n'avait pas à lutter, qui ne lui en voulait pas d'être elle-même, car il était faible, et sa faiblesse s'en nourrissait. Donner ainsi, jusqu'à la mort, c'est le seul amour qui convient à Dieu.

Jacques TOURNIER.

# La ballade du café triste

La ville même est désolée ; il n'y a guère que la filature, des maisons de deux pièces pour les ouvriers, quelques pêchers, une église avec deux vitraux de couleur, et une grand-rue misérable qui n'a que cent yards de long. Les fermiers des environs s'y retrouvent chaque samedi pour parler affaires. Le reste du temps, la ville est triste, solitaire, un endroit loin de tout, en marge du monde. La gare la plus proche est Society City ; les lignes d'autocar *Greyhound* et *White Bus Lines* passent à trois miles de là, sur la route des Forks Falls. Les hivers y sont vifs et brefs, les étés chauffés à blanc.

Si vous marchez dans la grand-rue, un après-midi du mois d'août, vous ne trouverez rien à faire. Le plus grand bâtiment, juste au centre de la ville, n'a que des fenêtres aveugles et penche si fort vers la droite qu'à chaque seconde on attend qu'il s'effondre.

C'est une très vieille maison. Elle a quelque chose d'étrange, d'un peu fou et inexplicable, puis, brusquement, vous découvrez qu'il y a très longtemps déjà, on a commencé à peindre le côté droit de la véranda et un peu du mur – mais on n'a pas terminé le travail et la maison a un côté plus sale et plus sombre que l'autre. Elle a l'air tout à fait inhabité. Au second étage, pourtant, il reste une fenêtre qui n'a pas été aveuglée. Il arrive parfois, au plus tard de l'après-midi, quand la chaleur est à son comble, qu'une main pousse la persienne et qu'un visage surplombe la ville. Un visage comme en ont les figures qu'on croise dans les rêves – blafard, asexué, deux yeux gris convergents, tournés l'un vers l'autre suivant un angle si aigu qu'ils ont l'air de se renvoyer un regard immense et secret de douleur. Ce visage s'attarde une heure environ, puis la persienne se referme, et il n'y a plus âme qui vive dans la grand-rue. Ces après-midi du mois d'août – votre travail est terminé, vous n'avez absolument rien à faire – il vaudrait mieux prendre la route des Forks Falls pour entendre le groupe enchaîné des bagnards.

C'est ici pourtant, c'est dans cette ville, qu'on trouvait autrefois un café. Cette vieille maison aveugle ne ressemblait à aucune autre, à des miles à la ronde. Il y avait des tables, avec des nappes et des serviettes en papier, des guirlandes colorées suspendues aux ventilateurs et une foule de gens le samedi soir. C'était Miss Amelia Evans la propriétaire. Mais tout le succès, toute la gaieté, revenait à un bossu qu'on appelait Cousin Lymon. Dans l'histoire du café, il y a quelqu'un d'autre qui jouait un rôle – l'ancien mari de Miss Amelia, un terrible personnage qui, après avoir passé des années au pénitencier, revint dans la ville, provoqua le désastre et reprit son chemin. Il y a très longtemps que le café n'existe plus, mais chacun s'en souvient encore.

Ce ne fut pas toujours un café. Lorsque Miss Amelia reçut ce bâtiment en héritage de son père, c'était un magasin où l'on vendait surtout de quoi nourrir les animaux, du guano, des denrées genre farine et tabac à priser. Miss Amelia était riche. En plus du magasin, elle possédait une distillerie, à trois miles vers les marais, qui donnait le meilleur alcool du comté. C'était une grande brune, avec une charpente et des muscles d'homme, des cheveux coupés court coiffés en arrière, et dont le visage hâlé avait une expression tendue, hagarde. Elle aurait eu pourtant une certaine beauté sans cette tendance à loucher.

Certains auraient aimé lui faire la cour, mais elle se moquait de l'amour que lui portaient les hommes. C'était un être solitaire. Aucun des mariages célébrés dans le comté ne pouvait se comparer au sien – un mariage étrange et lourd de menaces, qui n'avait duré que dix jours, et dont la ville entière avait été surprise et scandalisée. Cet étrange mariage mis à part, Miss Amelia avait toujours vécu seule. Elle passait souvent ses nuits dans son entrepôt des marais, en salopette et bottes de caoutchouc, surveillant silencieusement la flamme étouffée de ses alambics.

Miss Amelia gagnait de l'argent avec tout ce que l'on peut faire de ses mains. Elle vendait des andouilles et des saucisses à la ville voisine. Pendant les belles journées d'automne, elle pilait du sorgho, et le sirop de ses cuves, ambré comme de l'or, avait une odeur délicate. En quinze jours, elle avait réussi à construire des cabinets en brique derrière son magasin, et ses dons de charpentier étaient évidents. Elle n'était mal à l'aise que devant les gens. Parce que les gens – sauf s'ils sont sans volonté ou gravement malades – on ne peut pas les prendre dans ses mains et les transformer en une nuit en un produit plus intéressant et plus fructueux. Miss Amelia ne connaissait donc qu'une façon de se servir des gens : en tirer de l'argent. Et elle y réussissait parfaitement. Hypothèques sur les biens, sur les récoltes, scierie, placements en banque – c'était la femme la plus riche à des miles à la ronde. Sa fortune aurait pu égaler celle d'un membre du Congrès, si elle n'avait pas eu un goût presque maladif pour les procès et les tribunaux. Le moindre prétexte lui était bon à engager d'interminables poursuites judiciaires. On prétendait que, lorsqu'elle trébuchait sur une pierre dans un chemin, elle regardait d'instinct autour d'elle pour trouver quelqu'un à traîner en justice. Ce goût des procès mis à part, elle menait une vie tranquille où chaque journée ressemblait aux autres. Et rien, sinon son mariage de dix jours, n'en avait troublé le cours jusqu'au printemps de cette année où Miss Amelia eut trente ans.

C'était un peu avant minuit, un soir doux et calme d'avril. Le ciel était bleu comme un iris des marais. La lune avait tout son éclat. Les récoltes, ce printemps-là, promettaient d'être belles, et dans les semaines précédentes on avait mis en place à la filature une équipe de nuit. En contrebas, près du ruisseau, on voyait le bâtiment de brique éclairé, comme un grand carré jaune, d'où montait le bruit assourdi et patient des tissages. C'était une de ces nuits où l'on aime écouter, à travers l'obscurité des champs, la voix lointaine et heureuse du Noir qui va faire l'amour. Où l'on voudrait s'asseoir doucement et gratter sa guitare, ou simplement être seul et ne penser à rien. La rue était déserte, cette nuit-là, mais il y avait de la lumière dans le magasin de Miss Amelia, et cinq personnes se tenaient sous la véranda. Le contremaître Stumpy MacPhail, avec son visage congestionné, ses mains fragiles et violacées. Sur la plus haute marche, les jumeaux Rainey, en salopette, tous deux grands et maigres, avec leurs cheveux blancs et leurs yeux verts endormis. Henry Macy, sur la dernière marche, un homme timide, effacé, aux gestes doux et inquiets. Miss Amelia, enfin, appuyée près de la porte ouverte, avec ses bottes des marais, les pieds croisés, absorbée à défaire les nœuds d'une corde qu'elle venait de ramasser. Personne n'avait rien dit depuis un bon moment.

L'un des jumeaux, qui contemplait la rue déserte, fut le premier à parler :

«J'aperçois quelque chose qui vient.

– Un veau qui s'est détaché», dit son frère.

La silhouette était trop éloignée encore pour qu'on la distingue nettement. Les pêchers en fleur qui bordaient la rue avaient, sous la lune, des ombres difformes. Le parfum des fleurs printanières et de l'herbe neuve se mêlait à l'odeur âcre et sourde de la lagune toute proche.

« Non, dit Stumpy MacPhail, c'est un gosse. »

Miss Amelia observait en silence la rue. Elle avait posé sa corde et tripotait de sa main brune et sèche les sangles de sa salopette en fronçant les sourcils. Elle grogna et une mèche de cheveux noirs lui tomba sur le front. Pendant qu'ils attendaient, un chien se mit à hurler dans l'une des maisons du bas de la route – hurlements furieux, enroués, qu'une voix finit par faire taire. Il leur fallut attendre que la silhouette soit tout près d'eux, à la lumière de la véranda, pour savoir exactement qui venait.

C'était un inconnu – et il est bien rare qu'un étranger pénètre à pied dans la ville à une heure pareille. De surcroît, l'homme était bossu. À peine quatre pieds de haut, une vieille veste poussiéreuse qui lui arrivait aux genoux, de petites jambes torses qui paraissaient trop fragiles pour le poids de son énorme poitrine et de la bosse plantée entre ses deux épaules, une tête très large, des yeux bleu sombre, une bouche en lame de couteau, un visage insolent et doux à la fois, couvert de poussière ocre, avec des ombres bleu lavande autour des paupières. Il tenait une valise bancale fermée par une ficelle.

«'Soir», dit le bossu, et il était hors d'haleine.

Sous la véranda, personne ne répondit à ce salut; ni Miss Amelia, ni l'un des quatre hommes. Ils se contentèrent de le regarder en silence.

«Je suis à la recherche de Miss Amelia Evans...»

Miss Amelia écarta la mèche de son front, et leva le menton :

«Comment ça?

– Je suis de sa famille», dit le bossu.

Stumpy MacPhail et les jumeaux regardèrent du côté de Miss Amelia.

«C'est moi, dit-elle. Vous entendez quoi, par "famille"?

– Eh bien...»

Le bossu semblait mal à l'aise, presque au bord des larmes. Il posa sa valise sur la dernière marche du perron, mais garda la poignée en main.

«Ma mère s'appelait Fanny Jesup, et elle était de Cheehaw. Elle a quitté Cheehaw il y a une trentaine d'années, après son premier mariage. Elle parlait souvent d'une demi-sœur qui s'appelait Martha, je m'en souviens. Et quand je suis revenu à Cheehaw, on m'a dit que cette Martha était votre mère.»

Miss Amelia écoutait, la tête légèrement penchée. Tous ses repas du dimanche, elle les prenait seule. Aucun troupeau de parents n'encombrait sa maison, et elle ne se réclamait d'aucune famille. C'est exact qu'à Cheehaw elle avait eu autrefois une grand-tante qui tenait une écurie de louage, mais cette grand-tante était morte. Il lui restait seulement un cousin germain, qui vivait dans une autre ville, à vingt miles de là. Mais ce cousin s'entendait assez mal avec elle, et, quand ils se croisaient par hasard, ils crachaient sur le côté de la route. Certains mettaient parfois tout en œuvre pour se découvrir une parenté lointaine avec Miss Amelia, mais sans aucun succès.

Le bossu se lança dans un long discours, cita des noms, des lieux, qui semblaient n'avoir aucun rapport avec le sujet et dont ceux qui étaient sous la véranda n'avaient jamais entendu parler.

« Fanny et Martha Jesup étaient donc demi-sœurs, et comme je suis le fils du troisième mari de Fanny, je pense que vous et moi… »

Il se pencha, et commença à dénouer la ficelle de sa valise. Il avait les doigts sales et tremblants, pareils à des griffes de moineau. Sa valise était remplie d'une camelote bizarre – vêtements en lambeaux, objets rouillés qui ressemblaient aux pièces détachées d'une machine à coudre, ou tout aussi dénués de valeur. Il farfouilla longtemps, et finit par trouver une photographie :

«Ma mère et sa demi-sœur.» Miss Amelia ne disait rien. Elle remuait doucement les mâchoires. Ce qu'elle pensait était écrit sur son visage. Stumpy MacPhail prit la photographie et l'approcha de la lumière. Elle représentait deux petits enfants maigres et pâles, dans les deux ou trois ans. Leurs visages étaient de minuscules taches blanches. C'était une vieille photographie qu'on aurait pu trouver dans l'album de n'importe qui.

Stumpy MacPhail la rendit sans commentaire.

«D'où venez-vous?» demanda-t-il.

Le bossu répondit d'une voix hésitante.

«J'ai voyagé.»

Miss Amelia ne disait toujours rien. Tranquillement appuyée au chambranle de la porte, elle regardait le bossu de haut. Henry Macy plissait nerveusement les paupières, et se frottait les mains l'une contre l'autre. Puis il quitta sans bruit la dernière marche et disparut. C'était un brave homme et la situation du bossu l'avait touché. Il préféra donc s'en aller avant que Miss Amelia ne jette cet intrus hors de chez elle et ne le chasse de la ville. Le bossu attendait, sa valise ouverte sur la dernière marche. Il renifla, ses lèvres tremblaient. Peut-être commençait-il à entrevoir qu'il était en mauvaise posture. Peut-être comprenait-il à quel point il était dérisoire d'arriver ainsi dans une ville, avec une valise bourrée de camelote, pour prétendre qu'il était un parent de Miss Amelia. Il finit par s'asseoir et fondit en larmes.

Ce n'est pas chose courante de voir un bossu qu'on ne connaît pas arriver à minuit jusqu'à votre magasin, s'asseoir sur le perron et éclater en sanglots. Miss Amelia rejeta ses cheveux en arrière, et les hommes se regardèrent avec des mines déconcertées. Tout autour, la ville était calme.

L'un des jumeaux dit enfin :

« Que je sois pendu si ça n'est pas un parfait Morris Finestein ! »

Les autres tombèrent d'accord, car cette expression a un sens très particulier. Mais, comme le bossu ne pouvait pas savoir de quoi ils parlaient, il se mit à pleurer plus fort. Morris Finestein était un homme qui habitait la ville quelques années auparavant. Un petit Juif nerveux et sautillant, qui se mettait à pleurer chaque fois qu'on le traitait de déicide et qui ne mangeait que du pain azyme et du saumon en boîte. Un malheur l'avait obligé à déménager. Il vivait maintenant à Society City. Mais depuis ce temps-là, chaque fois qu'un homme faisait la fine bouche ou se mettait à pleurer, on disait que c'était un parfait Morris Finestein.

«De toute façon, dit Stumpy MacPhail, il a du chagrin. Sûrement pas sans raison.»

En deux enjambées lentes et maladroites, Miss Amelia traversa la véranda, puis elle descendit les marches du perron et resta longtemps à regarder l'étranger. Elle avança un doigt maigre et brun, et le posa délicatement sur la bosse. Le bossu pleurait toujours mais il parut se calmer un peu. La nuit était silencieuse. La lune avait gardé son même éclat tranquille. Il commençait à faire froid. Miss Amelia fit alors une chose qu'elle ne faisait jamais. Elle sortit de sa poche revolver une bouteille, en frotta le goulot avec la paume de sa main et la tendit au bossu. Il était pratiquement impossible d'obtenir de Miss Amelia qu'elle vendît son alcool à crédit. Quant à en faire cadeau, même d'une seule goutte, c'était une chose que personne ne lui avait vu faire.

«Bois, dit-elle. Ça va te requinquer.»

Le bossu cessa de pleurer, lécha soigneusement les larmes qui restaient autour de ses lèvres, et fit ce qu'on lui disait. Lorsqu'il eut fini, Miss Amelia aspira une petite gorgée pour se chauffer et se rincer la bouche, cracha – et but à son tour. Les jumeaux et le contremaître avaient chacun une bouteille qu'ils avaient payée.

« C'est de l'alcool qui se boit comme du petit-lait, dit Stumpy MacPhail. Vous le faites toujours à la perfection, Miss Amelia. »

Le whisky qu'ils burent cette nuit-là (deux grandes bouteilles) a une extrême importance. Sans lui, comment expliquer ce qui a suivi ? Sans lui, le café aurait-il jamais existé ? Car l'alcool fabriqué par Miss Amelia a une qualité bien à lui. Sur la langue, il est vif et franc, et, lorsqu'il est à l'intérieur du corps, il garde longtemps sa chaleur de braise. Mais ce n'est pas tout. Lorsqu'on trace un message sur une feuille de papier avec du jus de citron, on sait qu'il devient invisible. Mais si on tient la feuille de papier au-dessus du feu pendant un moment, les lettres brunissent et le message apparaît. Si nous considérons le whisky comme un feu et le message comme le secret que chacun enferme en son âme, on comprendra alors l'alcool de Miss Amelia. Des choses arrivées sans qu'on y prenne garde, des pensées enfouies dans l'obscurité de l'âme, deviennent soudain apparentes et lisibles. L'ouvrier de la filature, qui ne pense qu'à son métier, à sa gamelle, à son lit, et de nouveau à son métier – cet ouvrier devrait en boire un peu le dimanche, cueillir une jacinthe d'eau, tenir la fleur dans sa paume ouverte, en examiner le fragile calice d'or, et une poignante tendresse le saisirait. Un tisserand lèverait les yeux pour la première fois sur la splendeur inquiétante et givrée d'un ciel de janvier à minuit, et son cœur s'arrêterait d'effroi devant sa propre petitesse. Quiconque a bu l'alcool fabriqué par Miss Amelia connaît ces choses. Il prend le risque de souffrir ou d'être enivré de bonheur – mais l'épreuve a fait naître sa vérité, il a tenu son âme au-dessus du feu, il en a déchiffré l'invisible message.

Ils ont bu bien au-delà de minuit. Les nuages ont caché la lune. La nuit s'est faite froide et noire. Le bossu était toujours assis sur la dernière marche, plié en deux, le front tristement appuyé contre ses genoux. Miss Amelia, les mains dans les poches, avait un pied posé sur la deuxième marche. Elle était restée longtemps silencieuse, avec l'expression qu'on voit souvent à ceux qui sont atteints d'un léger strabisme et qui réfléchissent – expression à la fois très sage et très folle. Elle finit par dire :

«Je ne sais pas ton nom.

– Lymon Willis, répondit le bossu.

– Alors, entre. J'ai un reste de dîner sur le coin du fourneau. Tu pourras manger.»

Dans la vie de Miss Amelia, rares étaient les jours où elle invitait quelqu'un à dîner – sauf si elle avait l'arrière-pensée de lui soutirer de l'argent. Les hommes assis sous la véranda sentirent donc qu'il se passait quelque chose de bizarre. Plus tard, quand ils eurent l'occasion d'en reparler entre eux, ils se dirent qu'elle avait dû boire plus que de coutume, cet après-midi-là, dans les marais. Toujours est-il qu'elle rentra dans son magasin, tandis que Stumpy MacPhail et les jumeaux retournaient chez eux. Elle verrouilla la porte d'entrée, jeta un coup d'œil autour d'elle pour s'assurer que les marchandises étaient en ordre, et se dirigea vers la cuisine installée dans l'arrière-boutique. Le bossu la suivait, traînant sa valise, reniflant toujours et s'essuyant le nez sur la manche de sa veste.

« Assieds-toi, dit Miss Amelia. Je vais réchauffer ça. »

Ils firent un excellent repas, cette nuit-là. Miss Amelia était riche et ne lésinait pas sur la nourriture. Poulet frit (le bossu prit un morceau de blanc), rutabagas en purée, choux verts, patates douces, dorées et craquantes. Miss Amelia mangeait avec la lenteur d'un ouvrier agricole qui apprécie sa nourriture. Elle était penchée sur son assiette, les coudes sur la table, les genoux largement ouverts, les deux pieds accrochés aux barreaux de sa chaise. Le bossu dévorait comme s'il était à jeun depuis plusieurs mois. Pendant qu'il mangeait, une larme roula sur sa joue creuse – mais ce n'était qu'un restant de larme, sans importance. La lampe posée sur la table, avec sa mèche bien coupée qui donnait une flamme bleue, emplissait la cuisine d'une lumière sereine. Le dîner fini, Miss Amelia essuya minutieusement son assiette avec une tranche de pain blanc, et l'arrosa du sirop parfumé qu'elle préparait elle-même. Le bossu l'imita – mais, comme il était plus délicat, il demanda une assiette propre. Lorsqu'elle eut terminé, Miss Amelia repoussa sa chaise, ferma le poing, palpa les muscles souples et fermes de son bras droit à travers l'étoffe de sa chemise bleue – geste qu'elle avait l'habitude de faire à la fin de chaque repas. Puis elle prit la lampe sur la table, et, de la tête, fit signe en direction de l'escalier, pour inviter le bossu à la suivre.

Il y avait trois pièces au-dessus du magasin – deux chambres séparées par un vaste salon –, où Miss Amelia avait vécu toute sa vie. Très peu de gens connaissaient ces trois pièces, mais on savait qu'elles étaient bien meublées et parfaitement propres. Et voici que Miss Amelia y faisait monter derrière elle un sale petit étranger bossu, qui arrivait de Dieu sait où. Elle montait lentement, deux marches par deux marches, en tenant haut la lampe. Le bossu la suivait si près que la lumière qui dansait sur la cage de l'escalier ne dessinait qu'une seule ombre immense, où tous deux étaient confondus. Un peu plus tard, l'obscurité se referma sur les trois pièces de l'étage et sur la ville entière.

Le matin se leva avec sérénité. Le soleil était d'un violet profond nuancé de rose. Dans les champs, autour de la ville, on venait de labourer, et les planteurs s'étaient mis au travail de bonne heure pour repiquer les jeunes pousses de tabac vert sombre. Les corbeaux volaient à ras de terre et dessinaient sur les champs de fugitives ombres bleues. Les ouvriers avaient quitté la ville très tôt avec leurs gamelles, et sur les vitres de la filature les reflets du soleil étaient d'un or aveuglant. L'air était doux. Les fleurs aux branches des pêchers étaient légères comme des nuages de mars.

Selon son habitude, Miss Amelia descendit de l'étage au petit jour. Elle se lava le visage à la pompe et se mit tout de suite au travail. Un peu plus tard, dans la matinée, elle sella sa mule pour aller surveiller ses champs de coton près de la route des Forks Falls. À midi, tout le monde avait entendu parler du bossu arrivé en pleine nuit, mais personne encore ne l'avait vu. La chaleur devint très forte, et à midi le ciel d'un bleu profond, mais l'étrange invité ne paraissait toujours pas. Quelques personnes se souvenaient d'une demi-sœur qu'avait eue la mère de Miss Amelia, mais certains affirmaient qu'elle était morte, d'autres qu'elle s'était enfuie avec un lieur de tabac. Quant aux prétentions du bossu, on s'accordait à dire qu'elles étaient une supercherie. Et l'ensemble de la ville, qui connaissait bien Miss Amelia, ne doutait pas qu'après l'avoir fait dîner elle l'avait mis à la porte. Pourtant, vers le soir, au moment où le ciel blanchissait, où l'équipe de nuit relayait celle de jour, une femme affirma qu'elle avait vu un visage difforme à l'une des fenêtres de l'étage. Miss Amelia elle-même ne disait rien. Elle alla tenir sa boutique, discuta pendant plus d'une heure avec un fermier à propos d'un soc de charrue, répara la clôture d'un poulailler, puis, au crépuscule, elle ferma sa porte et regagna ses appartements, laissant la ville déconcertée et perplexe.

Le lendemain, Miss Amelia n'ouvrit pas son magasin, resta enfermée et ne vit personne. Et voici qu'une rumeur naquit ce jour-là – rumeur si terrible que la ville entière et le pays entier en furent frappés de stupeur. C'est un tisserand nommé Merlie

Ryan qui fit naître cette rumeur. Un homme dont il n'y a rien à dire – teint jaunâtre, démarche traînante, complètement édenté. Atteint de malaria ternaire, c'est-à-dire que la fièvre le prend tous les trois jours. Pendant deux jours, il est déprimé et de méchante humeur. Le troisième, il lui passe soudain par la tête deux ou trois idées complètement stupides. À l'instant précis où montait sa fièvre, Merlie Ryan se tourna brusquement et dit :

« Je sais ce que Miss Amelia a fait de cet homme. Elle l'a tué pour lui prendre ce qu'il cachait dans sa valise. »

Il avait parlé d'une voix très calme, comme s'il s'agissait d'une certitude. En moins d'une heure, la nouvelle se répandit partout. Et la ville, ce jour-là, inventa une fable écœurante et féroce. Tous les éléments qui font battre le cœur se retrouvaient dans cette fable – un bossu, un enterrement à minuit au fond des marais, Miss Amelia traînée publiquement jusqu'à la prison, les disputes autour de son héritage. Tout cela murmuré, de bouche à oreille, alourdi chaque fois d'un nouveau détail macabre. Il s'était mis à pleuvoir. Les femmes oublièrent de rentrer la lessive qu'elles avaient suspendue. Deux ou trois personnes, qui devaient de l'argent à Miss Amelia, enfilèrent leurs habits du dimanche, comme si c'était jour de fête. Un groupe s'était formé dans la grand-rue, qui discutait en surveillant le magasin.

Il serait faux d'affirmer que la ville entière participa à cette fête satanique. Quelques personnes sensées estimèrent que Miss Amelia était suffisamment riche pour ne pas se donner le mal d'assassiner un vagabond qui transportait de la camelote. Il existait même dans la ville trois âmes charitables qui refusèrent d'instinct de croire à ce crime, malgré l'intérêt et l'immense scandale qu'il susciterait. Ces trois personnes ne prenaient aucun plaisir à imaginer Miss Amelia derrière les barreaux d'un pénitencier, ou sur la chaise électrique d'Atlanta. Ces bonnes âmes ne partageaient pas l'opinion générale sur Miss Amelia. Quand quelqu'un a un caractère aussi particulier que celui de Miss Amelia, quand ses péchés sont tellement nombreux qu'il est difficile d'en faire le compte sans en oublier quelques-uns – alors il faut juger ce quelqu'un selon des critères particuliers. Ces trois personnes se souvenaient que Miss Amelia était née avec un teint sombre et un curieux visage. Qu'elle n'avait pas eu de mère. Qu'elle avait été élevée par son père, qui était un homme solitaire. Qu'elle avait atteint très jeune la taille de six pieds deux pouces, tout à fait inhabituelle pour une femme. Qu'elle avait une façon de vivre trop personnelle pour qu'on ait le droit de l'interpréter. Elles se souvenaient par-dessus tout de son surprenant mariage, objet du scandale le plus insensé que la ville ait connu.

Ces bonnes âmes ressentaient pour Miss Amelia quelque chose qui était assez proche de la pitié. Et, lorsqu'elles la voyaient conduire ses affaires avec extravagance – lorsqu'elles la voyaient, par exemple, se précipiter dans une maison et s'emparer d'une machine à coudre en règlement d'une dette, ou prendre feu et flamme pour un problème de droit – elles sentaient naître en elles un mélange d'exaspération, de petit chatouillement intérieur et de tristesse profonde qu'elles ne savaient pas expliquer. Mais assez parlé de ces bonnes âmes, car elles ne sont que trois. Tout au long de l'après-midi, la ville s'amusa avec passion de ce crime inventé.

Miss Amelia – pour quelle étrange raison ? – semblait n'avoir aucune conscience de ce qui se passait. Elle resta la plus grande partie de la journée à l'étage. De temps en temps, elle descendait au magasin et faisait tranquillement les cent pas, les mains dans les poches de sa salopette, la tête si profondément baissée que son menton se perdait dans le col de sa chemise. Il n'y avait sur elle aucune tache de sang. Elle s'arrêtait parfois, regardait pensivement les rainures du plancher, tordait une mèche de ses cheveux courts et se parlait tout bas à elle-même. Mais elle resta en haut le plus clair de la journée.

La nuit vint. La pluie avait rafraîchi l'atmosphère, et c'était comme un soir triste et sombre d'hiver. Pas une étoile au ciel. Un petit crachin tombait, glacial. À l'intérieur des maisons, les lampes n'étaient plus que des lueurs tremblantes et sinistres quand on les regardait de la rue. Le vent s'était levé. Il ne venait pas des marais, mais des forêts de pins noires et froides du Nord.

Les horloges de la ville sonnèrent huit heures. Rien n'était encore arrivé. Après les conversations macabres de l'après-midi, cette nuit lugubre fit peur à quelques-uns, qui préférèrent ne pas quitter le coin de leur feu. D'autres s'assemblaient par groupes. Il y avait une dizaine d'hommes sous la véranda du magasin de Miss Amelia. Ils attendaient, simplement, en silence, sans savoir eux-mêmes ce qu'ils attendaient. C'est exactement ce qui se passe à chaque période de tension, quand un grand événement se prépare : les hommes se rassemblent et attendent. Au bout d'un temps plus ou moins long, ils se mettent à agir tous ensemble. Sans qu'intervienne la réflexion ou la volonté de l'un d'entre eux. Comme si leurs instincts s'étaient fondus en un tout. La décision finale n'appartient plus alors à un seul, mais au groupe lui-même. À cet instant-là, plus personne n'hésite. Que cette action commune aboutisse au pillage, à la violence, au meurtre, c'est affaire de destin. Les hommes attendaient donc calmement sous la véranda de Miss Amelia. Aucun d'entre eux ne savait ce qui allait se passer, mais ils avaient tous la certitude intérieure qu'il fallait attendre, que l'instant était sur le point d'arriver.

Or, la porte du magasin était ouverte. À l'intérieur, tout avait son aspect habituel. Il y avait le comptoir, à gauche, avec des quartiers de viande fraîche, du sucre candi et du tabac. Derrière le comptoir, les étagères avec la viande salée et la farine. À droite, surtout du matériel agricole et d'autres outils de cet ordre. Au fond et à gauche, la porte qui conduisait aux étages. Cette porte était ouverte. À l'extrême droite du magasin, une seconde porte qui donnait sur la petite pièce que Miss Amelia appelait son bureau. Cette seconde porte était ouverte, elle aussi. À huit heures ce soir-là, on pouvait apercevoir Miss Amelia assise devant son pupitre à glissière, un stylo à la main, faisant ses comptes sur des feuilles de papier.

La lumière était vive dans le bureau, et Miss Amelia semblait ignorer qu'il y avait ce groupe d'hommes sous la véranda. Tout était en ordre autour d'elle, comme d'habitude. Le pays tout entier connaissait ce bureau et en avait peur. C'est là que Miss Amelia réglait ses affaires. Il y avait une machine à écrire, soigneusement couverte d'une housse. Elle savait parfaitement s'en servir, mais la réservait aux documents les plus importants. Et, dans les tiroirs, il y avait – à la lettre – des milliers de papiers rangés par ordre alphabétique. C'est là également que Miss Amelia recevait les malades, car elle aimait jouer les médecins et le faisait souvent. Elle avait deux étagères surchargées de flacons et d'objets divers. Contre le mur, un banc où s'asseyaient les malades. Elle était capable de recoudre une blessure avec une aiguille si bien flambée que jamais la plaie ne devenait verte. Pour les brûlures, elle possédait un sirop calmant. Pour les maladies incertaines, elle avait toute une collection de remèdes qu'elle préparait elle-même à partir de recettes mystérieuses. Ils vous tordaient si admirablement les boyaux qu'on ne pouvait pas les donner aux enfants, sous peine de provoquer chez eux des convulsions dangereuses. Elle leur réservait donc un breuvage spécial – plus doux d'effet et de goût plus agréable. Oui, à tout prendre, on pouvait dire que c'était un bon médecin. Ses mains, pourtant fortes et osseuses, avaient un toucher délicat. Son imagination était sans bornes, et elle pouvait inventer des centaines de remèdes différents. Ces remèdes, elle n'hésitait jamais à les prescrire, même les plus surprenants, les plus dangereux, et aucune maladie ne lui faisait peur. Elle se faisait fort de guérir la plus terrifiante. Une seule exception à sa science : les maladies féminines, qui la laissaient impuissante. Dès qu'on lui en parlait, son visage s'assombrissait lentement, la honte l'envahissait, elle allongeait le cou, frottait ses bottes l'une contre l'autre, et ressemblait tout à fait à une enfant trop vite grandie, rougissante et incapable de dire trois mots. Mais, sur tous les autres plans, les gens lui faisaient confiance. Comme elle ne réclamait pas d'honoraires, il y avait toujours une foule de malades chez elle.

Ce soir-là, Miss Amelia avait beaucoup de comptes à faire. Mais elle ne pouvait pas ignorer plus longtemps le groupe massé sous la véranda sombre, et qui l'observait. Elle levait les yeux de temps en temps et les regardait fixement. Mais elle s'abstenait de les interpeller pour leur demander pourquoi ils tournaient autour de chez elle à jacasser comme des pies. Elle avait un visage fier et sévère, comme toujours lorsqu'elle était assise à son bureau. Ces regards insistants finirent par l'agacer. Elle s'essuya la joue avec un mouchoir rouge, se leva et ferma la porte de son bureau.

Or, ce geste fut comme un signal pour le groupe massé sous la véranda. L'instant venait enfin d'arriver. Ces hommes étaient restés longtemps immobiles, et la nuit derrière eux avait rendu la rue hostile et ténébreuse. Ils avaient attendu longtemps. Et l'instinct d'agir les envahit brusquement. Au même instant, comme poussés par une même volonté, huit hommes entrèrent dans le magasin. Ils se ressemblaient tous – ils portaient tous des salopettes bleues, et presque tous avaient les cheveux blancs, et tous les visages étaient blêmes, et la même expression rêveuse traversait tous les regards. Ce qu'ils étaient sur le point de faire, personne ne le saura jamais, car, à cet instant précis, un bruit se fit entendre en haut de l'escalier. Les hommes levèrent la tête et restèrent stupides d'étonnement. C'était le bossu – ce même bossu qu'ils avaient assassiné en imagination. Et ce bossu ne ressemblait en rien à la créature qu'on leur avait décrite. Ce n'était pas du tout un sale et médiocre petit menteur, abandonné de tous et réduit à la mendicité. En réalité, il ne ressemblait à rien de ce que les hommes du groupe avaient pu rencontrer jusqu'à ce jour. La salle avait l'immobilité de la mort.

Le bossu descendit lentement l'escalier, avec l'orgueil superbe de celui à qui appartient chacune des lattes du plancher où il pose le pied. Il avait beaucoup changé pendant ces deux jours. Il était devenu d'une propreté qui défiait toute expression. Il portait toujours la même veste, mais parfaitement brossée et raccommodée. Sous la veste, une chemise à damier rouge et noir qui appartenait à Miss Amelia. Pas de pantalon, comme en ont généralement les hommes, mais un petit short exactement à sa taille, qui lui arrivait aux genoux. De longues chaussettes noires couvraient ses jambes maigrichonnes ; et ses chaussures, impeccablement nettoyées et cirées, avaient une forme bizarre, avec des lacets qui lui encerclaient les chevilles. Autour du cou, si parfaitement enroulée qu'on ne voyait presque plus ses grandes oreilles pâles, une écharpe de laine vert tilleul dont les franges balayaient le sol.

Le bossu traversa le magasin, de sa démarche raide et saccadée, et s'arrêta au centre du groupe d'hommes. Ils s'écartèrent pour lui faire place, yeux grands ouverts et bras ballants. Le bossu eut une façon très particulière d'assurer son avantage. Il regarda fixement chaque homme à la hauteur où portait son regard, c'est-à-dire à la ceinture. Posément et subtilement, en connaisseur, il examina la moitié inférieure de chacun – de la ceinture à la semelle des souliers. L'examen terminé, il ferma les yeux un moment en secouant la tête, comme pour faire comprendre que, à son avis, ce qu'il venait d'examiner ne valait pas grand-chose. Puis, avec assurance, pour confirmer ce qu'il pensait, il rejeta la tête en arrière et parcourut d'un regard fixe le cercle de visages qui le dominaient. Il y avait, dans la partie gauche du magasin, un sac de guano à moitié plein. Maintenant qu'il avait l'avantage, le bossu alla s'asseoir confortablement sur ce sac, croisa ses petites jambes et sortit de sa poche un certain objet.

Or, il fallut un certain temps aux hommes qui étaient dans le magasin pour retrouver leur calme. Merlie Ryan, celui de la fièvre ternaire, qui était à l'origine de la rumeur, fut le premier à pouvoir articuler un mot. Regardant fixement l'objet que tripotait le bossu, il demanda à voix basse :

« Qu'est-ce que tu tiens là ? »

Ils savaient tous très exactement ce que tenait le bossu. C'était une tabatière qui avait appartenu au père de Miss Amelia – une tabatière en émail bleu avec un dessin en or travaillé sur le couvercle. Les hommes, qui la connaissaient parfaitement, n'en revenaient pas. Ils lancèrent un coup d'œil timide vers le bureau, dont la porte était toujours fermée. On entendait Miss Amelia siffloter doucement.

« Oui, qu'est-ce que tu tiens là, *Peanut* ? »

Le bossu leva les yeux et pinça rapidement les lèvres :

« Peut-être un petit piège à mouches du coche… »

Il enfonça deux doigts déformés dans la tabatière, y prit une pincée de quelque chose et l'avala sans en offrir autour de lui. Ce n'était pas du tabac à priser, mais un mélange de sucre et de cacao. Il le prenait pourtant comme du tabac à priser, en fourrant la petite pincée sous sa lèvre inférieure et en la léchant à brefs coups de langue, ce qui provoquait toute une série de grimaces.

« L'amertume ne cesse jamais de me coller aux gencives, dit-il en guise d'explication. C'est ce qui m'oblige à prendre cette sucrerie en guise de tabac. »

Les hommes faisaient toujours cercle autour de lui, mal à l'aise et désorientés. Sensation qui ne s'effaça pas complètement, mais fut peu à peu tempérée par une autre – d'intimité et de vague réjouissance. Et voici quels étaient les noms de ces hommes, dans l'ordre : Hasty Malone, Robert Calvert Hale, Merlie Ryan, le révérend T.M. Willin, Rosser Cline, Rip Wellborn, Henry Ford Crimp et

Horace Wells. Tous ces hommes, à l'exception du révérend Willin, ont beaucoup de choses en commun, comme cela a déjà été dit. Tous, d'une façon ou d'une autre, ont connu le plaisir, tous ont pleuré ou souffert, et sont, dans l'ensemble, raisonnables à moins qu'on ne les pousse à bout. Tous travaillent à la filature et logent dans des maisons de deux ou trois pièces, dont le loyer s'élève à dix ou douze dollars par mois. Tous ont été payés ce jour-là, parce que c'est un samedi. Pour le moment, pensez donc à eux comme à un tout.

Le bossu, cependant, les distinguait mentalement les uns des autres. Confortablement assis sur son sac de guano, il commença à parler, demandant à chacun s'il était marié, quel âge il avait, à combien se montait son salaire pour une semaine normale, louvoyant peu à peu vers des questions beaucoup plus intimes. Bientôt, d'autres personnes de la ville vinrent se joindre au groupe : Henry Macy, quelques désœuvrés qui flairaient un événement extraordinaire, des femmes qui étaient venues chercher leur mari, et même un garçon blond filasse et dégingandé, qui entra sur la pointe des pieds, faucha une boîte de corn flakes et disparut. Ainsi le magasin de

Miss Amelia finit par être noir de monde, mais la porte de son bureau restait fermée.

Certains êtres possèdent une qualité qui les place hors du commun. Ces êtres-là ont une sorte d'instinct, qu'on ne trouve généralement que chez les très jeunes enfants – instinct qui leur permet d'être immédiatement relié à tout ce qui existe sur terre par des liens vitaux. Le bossu en faisait évidemment partie. Il lui avait suffi de rester une demi-heure dans le magasin pour nouer des liens immédiats et vitaux avec tous ceux qui étaient là. Comme s'il avait vécu dans cette ville depuis des années. Comme s'il était quelqu'un de très connu. Comme s'il avait passé un nombre incalculable de soirées sur ce sac de guano. Ajoutez-y le fait que c'était un samedi soir. Cela peut expliquer l'atmosphère de liberté et d'allégresse illicite qui régnait dans le magasin – mêlée pourtant à une certaine nervosité, due en partie à l'étrangeté de la situation, et au fait que Miss Amelia était toujours enfermée dans son bureau et n'avait pas encore fait son apparition.

Elle parut à dix heures, ce soir-là. Et ceux qui espéraient que son entrée allait provoquer un drame furent désappointés. Elle ouvrit sa porte et pénétra dans le magasin d'une démarche nonchalante et hautaine. Elle avait une trace d'encre sur l'aile du nez et un mouchoir rouge autour du cou. Elle n'eut pas l'air de trouver quoi que ce soit d'anormal. Son regard gris, qui louchait légèrement, s'attarda dans le coin où était installé le bossu. Puis elle dévisagea la foule avec un étonnement tranquille.

« Quelqu'un veut-il acheter quelque chose ? » demanda-t-elle avec calme.

Comme c'était un samedi soir, un certain nombre de clients désiraient de l'alcool. Or, Miss Amelia avait mis en perce un vieux tonneau trois jours plus tôt et en avait empli quelques bouteilles à l'abri derrière sa distillerie. Elle reçut donc, ce soir-là, l'argent des clients et le compta en pleine lumière, comme elle le faisait d'habitude. Mais ce qui suivit n'avait rien à voir avec ses habitudes. Généralement, elle vous obligeait à faire le tour du bâtiment, à vous enfoncer dans l'arrière-cour ténébreuse, et là seulement elle vous glissait votre bouteille par la porte entrebâillée de la cuisine. Rien de plaisant dans cette transaction. Ayant reçu son alcool, le client disparaissait dans la nuit, ou si sa femme refusait que l'alcool rentre chez elle, il refaisait le tour du bâtiment, venait s'asseoir sous la véranda, ou à même le sol, et buvait son alcool à petites lampées. La véranda et la rue qui longeait la véranda appartenaient, sans erreur possible, à Miss Amelia. Mais elle refusait de les considérer comme étant sa propriété. Son véritable domaine commençait au seuil de sa porte et s'étendait à l'ensemble du bâtiment. Jamais, en dehors d'elle-même, personne n'avait eu le droit d'y déboucher une bouteille d'alcool et de la boire. Et voici que la loi fut rompue pour la première fois. Miss Amelia entra dans sa cuisine, le bossu sur ses talons et elle en rapporta, en pleine lumière, les bouteilles d'alcool. Elle fit plus. Elle sortit quelques verres, ouvrit deux boîtes de biscuits, les mit dans une assiette sur le comptoir et en offrit aimablement et gratuitement à ceux qui en voulaient.

Elle ne parla à personne, sauf au bossu. On entendit sa voix un peu rauque, un peu voilée, demander :

«Désirez-vous le prendre nature, Cousin Lymon, ou réchauffé au bain-marie?

– S'il vous plaît, Amelia.» (Et qui s'était permis jusque-là d'appeler Miss Amelia par son seul prénom, sans autre marque de respect? Certainement pas son mari de dix jours. Personne, en fait, depuis la mort de son père qui, pour de mystérieuses raisons, l'appelait «petite», personne jamais ne s'était permis de lui parler familièrement.) «S'il vous plaît, Amelia, je préfère qu'il soit réchauffé. »

Ceci fut la naissance du café. Aussi simple que cela. Rappelez-vous qu'il faisait comme une nuit d'hiver et que la fête aurait été bien sombre s'il avait fallu s'asseoir dehors, autour du bâtiment. À l'intérieur, il y avait foule. La chaleur était rassurante. On avait ranimé le feu dans l'arrière-boutique, et ceux qui avaient acheté de l'alcool le partageaient avec leurs amis. Il y avait aussi des femmes, qui suçaient de la réglisse, ou buvaient de la limonade, parfois même une goutte de whisky. La présence du bossu était si nouvelle qu'elle amusait tout le monde. On alla chercher le banc dans le bureau, et plusieurs chaises supplémentaires. Certains s'accoudaient au comptoir, d'autres s'y adossaient, d'autres encore s'étaient installés sur des tonneaux et sur des sacs. Le fait de déboucher pour la première fois des bouteilles d'alcool à l'intérieur du magasin ne fit naître aucune querelle, aucun rire inconvenant, aucun laisser-aller d'aucune sorte. Au contraire. Les gens étaient d'une politesse qui touchait presque à la timidité. Car, jusqu'à ce soir-là, ils n'avaient pas l'habitude de se réunir pour leur seul plaisir. Ils se rencontraient pour travailler à la filature, ou le dimanche pour les assemblées religieuses – et malgré le plaisir que l'on prend à ces réunions, leur seul but est d'augmenter en chacun la peur de l'enfer et la crainte du Seigneur tout-puissant. L'atmosphère d'un café, c'est tout autre chose. Dans un vrai café, le scélérat le plus avide et le plus riche sait tenir sa place et n'insulte personne. Les plus pauvres se regardent avec plaisir, et se passent la salière avec un sourire aimable et délicat. L'atmosphère d'un vrai café fait naître les qualités suivantes : amitié, plaisir de l'estomac, bonne humeur et courtoisie. Rien de tout cela n'avait été dit à la foule qui emplissait le magasin de Miss Amelia, mais elle le savait d'instinct. Et jusqu'à cette nuit-là, pourtant, il n'y avait jamais eu de café dans la ville.

Or, Miss Amelia, qui était à l'origine de tout cela, passa la plus grande partie de la soirée dans l'encadrement de la porte de la cuisine. En apparence, elle semblait la même. Beaucoup, cependant, remarquèrent son visage. Elle surveillait tout ce qui se passait, mais son regard restait le plus souvent fixé sur le bossu. Il allait et venait dans le magasin, d'un pas assuré, prenant parfois dans la tabatière une pincée de son mélange, et se montrant à la fois sarcastique et plaisant. La lueur qui venait du fourneau éclairait légèrement le long visage sombre de Miss Amelia. Elle semblait regarder à l'intérieur d'elle-même, avec un mélange de stupeur, de chagrin et de joie incertaine. Elle serrait les lèvres avec moins de force que d'habitude, et elle les humectait souvent. Sa peau semblait plus pâle. Ses grandes mains étaient moites. Elle avait, cette nuit-là, le regard solitaire de quelqu'un qui aime.

À minuit s'acheva la naissance du café. Chacun dit au revoir aux autres avec amabilité. Miss Amelia ferma la porte de son domaine, mais oublia de la verrouiller. Et très vite, tout dans la ville – la grand-rue et ses trois magasins, la filature, les maisons – devint sombre et silencieux. Et s'achevèrent ainsi les trois journées et les trois nuits qui avaient vu l'arrivée d'un étranger, la célébration d'une fête impie et la naissance d'un café.

☆

Or, il nous faut laisser le temps s'écouler, car les quatre années qui suivent se ressemblent trop. De grands changements surviennent, bien sûr, mais lentement, par petites étapes, qui n'ont pas d'importance en elles-mêmes. Le bossu vit toujours chez Miss Amelia. Le café se développe. Miss Amelia commence à vendre de l'alcool à consommer sur place. On installe des tables à l'intérieur du magasin. Il y a des clients tous les soirs, et foule le samedi. Miss Amelia se met aussi à servir des fritures de poisson, à quinze *cents* l'assiette. Le bossu obtient qu'elle achète un joli piano mécanique. Au bout de deux ans, ce n'est plus un magasin, mais un vrai café, ouvert chaque soir de six heures à minuit.

Chaque soir, le bossu descend l'escalier avec l'air de quelqu'un qui a une très haute opinion de lui-même. Une légère odeur de navet l'accompagne, car Miss Amelia le frictionne jour et nuit avec un bouillon fortifiant qu'elle prépare elle-même. Elle s'occupe de lui au-delà de ce qui est raisonnable, mais rien ne réussit à le fortifier. La nourriture lui fait enfler la tête et la bosse, mais le reste de son corps est toujours aussi faible et difforme. En apparence, Miss Amelia ne change pas. En semaine, elle a ses bottes de caoutchouc et sa salopette, mais, le dimanche, elle porte une robe rouge sombre qui pend autour d'elle de façon bizarre. En réalité, sa façon de vivre et ses habitudes ont beaucoup changé. Elle a toujours autant de goût pour les procès, mais elle est moins rapide à tromper son prochain et à exiger impitoyablement son dû. Comme le bossu est extrêmement sociable, elle circule un peu – on la voit aux enterrements, aux réunions religieuses, etc. Ses remèdes sont toujours aussi efficaces, son alcool plus parfait qu'avant

– si c'est possible. Le café lui rapporte pas mal d'argent, et c'est le seul endroit où l'on s'amuse à des miles à la ronde.

Découvrez donc ces années à travers quelques images sans suite, prises au hasard. Regardez le bossu, emboîtant le pas à Miss Amelia, un rouge matin d'hiver, et l'accompagnant à la chasse dans les noires forêts de pins. Regardez-les inspecter ensemble les domaines de Miss Amelia. Cousin Lymon est à côté d'elle. Il ne fait rien, mais il a l'œil pour remarquer l'ouvrier paresseux. Regardez-les, certains après-midi d'automne, assis dans l'arrière-cour, en train de fendre les cannes à sucre. Et certains jours d'été aveuglants, s'enfonçant au milieu des marais, là où le cyprès d'eau est d'un vert presque noir, où l'ombre est lourde sous les arbres. Quand le sentier traverse un marécage ou une poche d'eau, regardez Miss Amelia qui se baisse et permet à Cousin Lymon de grimper sur son dos. Regardez-la marcher avec peine, le bossu à califourchon sur ses épaules, accroché des deux mains à ses oreilles ou à son large front. De loin en loin, Miss Amelia met en route, d'un tour de manivelle, la Ford qu'elle vient d'acheter, et offre à Cousin Lymon une séance de cinéma à Cheehaw, une promenade jusqu'à une foire lointaine, parfois un combat de coqs. Car le bossu prend à tous les spectacles un plaisir passionné. Bien entendu, chaque matin, ils sont chez eux, et restent souvent assis pendant des heures à l'étage, devant la cheminée du salon – car chaque nuit le bossu est malade. Il a peur de garder les yeux ouverts dans le noir. Il a une peur terrible de la mort. Et Miss Amelia ne veut pas qu'il reste seul à affronter cette peur. On peut même soutenir que l'importance prise par le café vient de là. C'est un moyen d'offrir à Cousin Lymon assez de plaisir et de compagnie pour qu'il ait le courage de traverser la nuit. À partir de ces images, inventez donc vous-même le dessin de ces quatre années. Et arrêtons-nous un moment.

Voici le temps venu d'expliquer cette étrange attitude. Le temps de parler de l'amour. Car Miss Amelia éprouve réellement de l'amour pour Cousin Lymon. Personne ne s'y trompe. Ils habitent la même maison. Ils sont toujours ensemble. Pour Mrs MacPhail, une vieille fouineuse, au nez couvert de verrues, qui change sans cesse de place les meubles de sa chambre donnant sur la grand-rue – pour Mrs MacPhail et pour quelques autres, c'est la preuve éclatante que ces deux-là vivent dans le péché. Apparentés, peut-être ; mais de si loin, un vague croisement de cousins issus de germains, et encore, qui serait capable de le prouver? Sans doute Miss Amelia ressemble-t-elle à un immense tromblon de six pieds de haut et Cousin Lymon n'est-il qu'un bossu malingre qui lui arrive tout juste à la taille. Mais Mrs MacPhail et ses cancanières y voient une preuve de plus, car ces femmes-là se font une gloire d'assembler les êtres les plus disparates. Laissons-les donc à leurs commérages. Pour les âmes charitables, si ces deux-là éprouvent à l'acte de chair un plaisir partagé, c'est affaire entre Dieu et eux-mêmes. Tous les gens raisonnables sont tombés d'accord sur ce point – et leur réponse a été un «non» clair et net. Quelle est donc la vraie nature de cet amour?

L'amour est avant tout une expérience commune à deux êtres. Mais le fait qu'elle leur soit commune ne signifie pas que cette expérience ait la même nature pour chacun des deux êtres concernés. Il y a celui qui aime et celui qui est aimé, et ce sont deux univers différents. Celui qui est aimé ne sert souvent qu'à réveiller une immense force d'amour qui dormait jusque-là au fond du cœur de celui qui aime. En général, celui qui aime en est conscient. Il sait que son amour restera solitaire. Qu'il l'entraînera peu à peu vers une solitude nouvelle, plus étrange encore, et de le savoir le déchire. Aussi celui qui aime n'a-t-il qu'une chose à faire : dissimuler son amour aussi complètement et profondément que possible. Se construire un univers intérieur totalement neuf. Un étrange univers de passion, qui se suffira à lui-même. Il faut d'ailleurs ajouter que celui dont nous parlons, celui qui aime, n'est pas nécessairement un jeune homme qui a mis de l'argent de côté pour acheter une alliance. Celui qui aime peut être un homme, une femme, un enfant, n'importe quelle créature au monde.

Mais voici que celui qui est aimé peut avoir lui aussi n'importe quel visage. Cet aiguillon de l'amour se trouve chez les créatures les plus surprenantes. Un vieillard au cerveau embrumé peut être déjà arrière-grand-père, et continuer d'aimer une jeune fille inconnue qu'il n'a vue qu'une fois, il y a plus de vingt ans, dans une rue de Cheehaw, en fin d'après-midi. Un homme d'Église peut aimer une femme perdue. Celui qui est aimé peut vivre dans le mensonge, avoir une intelligence médiocre, s'adonner au vice – mais oui – et celui qui aime peut en être aussi conscient que les autres, cela n'entravera pas l'évolution de son amour. Un être profondément vil peut donner naissance à l'amour le plus fou, le plus extravagant, extravagant et beau comme un lis vénéneux des marais. Un être au cœur pur peut donner naissance à l'amour le plus violent et le plus dégradant. Les bégaiements d'un simple d'esprit peuvent faire germer dans un autre cœur l'amour le plus tendre et le plus simple. La valeur, la qualité de l'amour, quel qu'il soit, dépend uniquement de celui qui aime.

C'est pourquoi la plupart d'entre nous préfèrent aimer plutôt qu'être aimés. La plupart d'entre nous préfèrent être celui qui aime. Car, la stricte vérité, c'est que, d'une façon profondément secrète, pour la plupart d'entre nous, être aimé est insupportable. Celui qui est aimé a toutes les raisons de craindre et de haïr celui qui aime. Car celui qui aime est tellement affamé du moindre contact avec l'objet de son amour qu'il n'a de cesse de l'avoir dépouillé, dût-il n'y trouver que douleur.

Il a déjà été dit que Miss Amelia avait été mariée. Au point où nous en sommes, il est nécessaire de revenir à ce surprenant épisode. Souvenez-vous qu'il date d'il y a très longtemps, et que, jusqu'à l'arrivée du bossu, c'est la seule occasion qu'ait eue Miss Amelia d'affronter cet inexplicable prodige – l'amour.

La ville ressemblait à ce qu'elle est aujourd'hui, à ceci près qu'il n'y avait que deux magasins au lieu de trois, et que les pêchers qui bordent la grand-rue étaient plus petits et plus rabougris. Miss Amelia avait dix-neuf ans. Son père était mort quelques mois plus tôt. Il y avait en ville, à cette époque, un tisserand nommé Marvin Macy – le frère de Henry Macy. Lorsqu'on les connaissait, on avait du mal à croire qu'ils étaient parents. Marvin Macy était le plus bel homme du pays – six pieds un pouce, des muscles durs, des yeux gris langoureux et des cheveux bouclés. Il avait de l'argent, un bon salaire, une montre en or dont le boîtier s'ouvrait sur l'image d'une cascade. Vu de l'extérieur et sur un plan purement matériel, c'était un homme heureux. Aucun besoin de faire des courbettes à quiconque. Il obtenait toujours ce qu'il voulait. Mais, sur un plan plus grave, plus intérieur, Marvin Macy n'était pas quelqu'un à envier. C'était un personnage dangereux. Sa réputation était aussi mauvaise, sinon pire, que celle de n'importe quel voyou du comté. Pendant toute son adolescence, il avait gardé sur lui l'oreille séchée et salée d'un homme avec lequel il s'était battu et qu'il avait tué d'un coup de rasoir. Il s'amusait à trancher leur queue aux écureuils dans les forêts de pins. Et, dans la poche gauche de son gilet, il dissimulait de la marijuana, herbe interdite, pour appâter ceux qui perdaient courage et marchaient vers la mort. Malgré cette terrible réputation, il était le bien-aimé de beaucoup de femmes du pays. Il y avait en ce temps-là quelques jeunes filles aux yeux doux, aux cheveux bien coiffés, aux petites fesses tendres et délicates, et aux manières tout à fait charmantes. Il humilia et avilit ces douces jeunes filles. Puis, à vingt-deux ans, ce Marvin Macy porta brusquement son choix sur Miss Amelia. Cette fille solitaire et dégingandée, avec son léger strabisme, était la seule dont il eût envie. Pas pour son argent. Par amour.

Et l'amour transforma Marvin Macy. Avant qu'il ait commencé d'aimer Miss Amelia, on pouvait se demander s'il avait un cœur et une âme. Et les raisons ne manquaient pas pour expliquer la noirceur de son caractère, car il avait eu des débuts pénibles en ce bas monde. Il était l'un des six enfants accidentels de parents qu'on pouvait difficilement appeler «parents» – deux jeunes fous qui aimaient rôder et pêcher dans les marais. Ils avaient un nouvel enfant chaque année, mais ce n'était qu'embarras pour eux et calamité. La nuit venue, lorsqu'ils rentraient de la filature et qu'ils apercevaient leurs enfants, ils se demandaient d'où ils étaient venus. Si l'un pleurait, il recevait des coups. La première chose que ces enfants apprirent, en venant au monde, fut de trouver un recoin sombre pour essayer de s'y mettre à l'abri. Ils étaient maigres comme de petits fantômes, et ne parlaient jamais, pas même entre eux. Finalement, leurs parents les abandonnèrent tout à fait, et ils furent livrés à la miséricorde de la ville. C'était un hiver très rude – la filature fermée près de trois mois – la misère partout. On refuse pourtant, dans cette ville, de voir des enfants blancs et orphelins mourir de faim sous vos yeux. Il arriva donc ceci : l'aîné, huit ans à peine, s'en alla à Cheehaw et ne revint jamais. Peut-être rencontra-t-il un train de marchandises qui le conduisit à travers le monde, qui sait? Les trois suivants furent confiés aux habitants de la ville, et renvoyés d'une cuisine à l'autre; et, comme ils étaient de santé délicate, ils moururent avant Pâques. Les deux derniers, Marvin Macy et Henry Macy furent recueillis par une femme, appelée Mrs Mary Hale, qui avait du cœur. Elle les aima comme ses propres enfants. Ils grandirent chez elle et furent très bien traités.

Mais le cœur des petits enfants est un organe très délicat. Un début cruel dans la vie peut lui donner d'étranges formes. Le cœur d'un enfant blessé peut diminuer tellement qu'il finit par être dur et grêlé comme un noyau de pêche. Mais il peut aussi enfler et s'alourdir, et devenir comme un poids intérieur impossible à supporter, car la moindre chose l'irrite et l'enflamme. C'est ce qui arriva à Henry Macy, l'exact contraire de son frère, l'homme le plus gentil et le plus doux de la ville, qui offre ce qu'il gagne aux malheureux et qui, le samedi soir, s'occupe des enfants dont les parents vont au café. Mais c'est un homme timide, et il a le regard de ceux qui en ont trop gros sur le cœur. Marvin Macy, pendant ce temps, devenait plus hardi, intrépide et cruel. Son cœur avait la rugosité des cornes de Satan, et, jusqu'au jour où il commença d'aimer Miss Amelia, il ne procura que honte et avanies à son frère et à la femme qui l'avait élevé.

Mais l'amour transforma le caractère de Marvin Macy. Pendant deux ans, il aima Miss Amelia en silence. Il se tenait près de la porte du magasin, sa casquette à la main, ses yeux gris exprimant attente et soumission. Il changea du tout au tout. Il devint bon avec son frère et sa mère adoptive. Il économisa sur ses salaires, apprit à épargner. Et surtout, il rencontra Dieu. Il ne passait plus ses dimanches entiers assis sous sa véranda à gratter sa guitare. Il assistait aux offices et à toutes les cérémonies religieuses. Il apprit les bonnes manières, s'exerça lui-même à se lever pour offrir sa chaise à une dame, renonça à jurer, à se battre, à invoquer pour rien le nom des saints. Cette métamorphose prit deux longues années et bonifia complètement son caractère. Ces deux ans écoulés, il rendit un soir visite à Miss Amelia. Il lui apportait un bouquet de fleurs des marais, un sac d'andouilles, une bague en argent – et ce soir-là, il déclara sa flamme.

Et Miss Amelia l'épousa. Tout le monde ensuite se demanda pourquoi. Certains prétendirent qu'elle avait envie de recevoir des cadeaux de mariage, comme les autres filles. D'autres, qu'elle en avait assez d'être réprimandée par sa grand-tante de Cheehaw, une redoutable vieille. Quoi qu'il en soit, elle parcourut à grands pas l'allée centrale de l'église, portant la robe de mariée de sa défunte mère, robe en satin jauni trop courte pour elle d'au moins douze pouces. C'était un après-midi d'hiver. Le soleil brillait à travers les vitraux écarlates et baignait le couple agenouillé devant l'autel d'un reflet bizarre. Pendant qu'on lisait les prières de mariage, Miss Amelia n'arrêtait pas de faire un curieux geste – elle frottait la paume de sa main droite contre le satin de sa robe ; c'est qu'elle cherchait la poche de sa salopette, et, comme elle ne la trouvait pas, l'impatience, l'ennui et l'exaspération se peignirent sur son visage. La cérémonie achevée, les prières dites, Miss Amelia sortit rapidement de l'église, sans donner le bras à son mari et en marchant à deux pas devant lui.

L'église n'était pas très éloignée du magasin. Les mariés revinrent donc chez eux à pied. On prétend que, sur le chemin du retour, Miss Amelia se mit à parler d'une affaire qu'elle venait de conclure avec un fermier pour une livraison de bois d'allumage. En fait, elle traitait son époux comme un client, parmi d'autres, entré dans son magasin pour boire quelque chose. Jusque-là, tout gardait cependant une allure décente. Les gens de la ville étaient satisfaits, car ils avaient vu à quel point l'amour avait transformé Marvin Macy, et ils espéraient qu'il transformerait son épouse de la même façon. Ils espéraient tout au moins que le mariage adoucirait le tempérament de Miss Amelia, lui donnerait quelques rondeurs d'épouse et ferait d'elle une femme réfléchie.

Ils se trompaient. Grâce aux jeunes gens qui regardaient par la fenêtre cette nuit-là, on sait exactement ce qui arriva : le marié et la mariée firent un souper extraordinaire, préparé par Jeff, le vieux cuisinier noir de Miss Amelia. La mariée reprit deux fois de chaque plat, mais le marié mangeait du bout des lèvres. La mariée fit ensuite ce qu'elle avait l'habitude de faire – lecture du journal, inventaire des stocks du magasin, etc. Le marié traînait près de la porte, avec un visage extatique, presque égaré. La mariée ne faisait pas du tout attention à lui. À onze heures, elle prit une lampe et monta au premier étage. Le marié la serrait de près. Jusque-là, tout gardait une allure décente. Mais ce qui suivit fut un véritable sacrilège.

Une demi-heure plus tard, Miss Amelia dégringolait l'escalier en pantalon et veste kaki. Son visage était tellement sombre qu'il paraissait presque noir. D'un furieux coup de pied, elle fit claquer la porte de la cuisine. Peu à peu, elle reprit son sang-froid, ralluma le feu, s'assit devant le fourneau, les pieds sur la grille, et se plongea dans la lecture de l'*Almanach du fermier*, en buvant du café et en tirant quelques bouffées de la pipe de son père. Son visage retrouvait sa couleur naturelle, mais restait fermé et sévère. De temps en temps, elle notait sur une feuille de papier un renseignement trouvé dans l'*Almanach*. À l'aube, elle entra dans son bureau, et sortit de sa housse la machine à écrire qu'elle venait d'acheter et dont elle apprenait à peine à se servir. Ainsi se passa toute sa nuit de noces. Quand il fit grand jour, elle sortit dans la cour, comme si de rien n'était, et exerça ses talents de menuisier sur un clapier commencé la semaine précédente et qu'elle avait l'intention de vendre.

C'est une situation bien fâcheuse pour un mari de ne pas réussir à partager le lit de son épouse bien-aimée, alors que toute la ville est au courant. Quand Marvin Macy descendit ce matin-là, il portait encore son habit de noces et son visage était dévasté. Dieu seul sait comment il avait passé la nuit. Il resta dans la cour à regarder travailler Miss Amelia, mais à quelque distance. Vers midi, il lui vint une idée, et il partit en direction de Society City. Il en revint avec des cadeaux – une bague d'opale, un peigne en émail rose, objet très à la mode à l'époque, un bracelet d'argent avec deux cœurs, et une boîte de bonbons qui avait coûté deux dollars et demi. Miss Amelia regarda ces merveilleux cadeaux, ouvrit sans attendre la boîte de bonbons, parce qu'elle avait faim. Puis, revenant aux cadeaux, elle en évalua le prix avec perspicacité et les posa sur le comptoir pour les vendre. La seconde nuit se passa comme la première – à ceci près que Miss Amelia installa son matelas contre le fourneau et dormit convenablement.

Ce fut ainsi pendant trois jours. Miss Amelia travaillait comme à son habitude, s'intéressait beaucoup à une rumeur qui courait concernant un pont qu'on allait construire à dix miles en contrebas de la route. Marvin Macy la suivait toujours à travers son domaine. À son visage, on voyait bien qu'il était malheureux. Le quatrième jour, il fit une chose tout à fait digne d'un simple d'esprit; il alla chercher un notaire à Cheehaw, l'installa dans le bureau de Miss Amelia et fit donation de tous ses biens à son épouse – c'est-à-dire dix acres de bois de charpente qu'il avait achetés avec ses économies. Elle examina l'acte avec le plus grand soin, pour être certaine qu'il ne contenait aucun piège, et le rangea dans le tiroir de son secrétaire. Cet après-midi-là, Marvin Macy emporta un quart de whisky dans les marais. Le soleil était encore haut. Il revint le soir, ivre mort, entra dans la chambre de Miss Amelia et lui posa la main sur l'épaule. Il avait un regard humide et fou. Il voulut dire quelques mots, mais, sans lui en laisser le temps, elle lui lança son poing en pleine figure, avec une telle force qu'il alla s'aplatir contre le mur et perdit une dent de devant.

Le reste de l'histoire ne peut se raconter que dans ses grandes lignes. D'autres coups suivirent. Miss Amelia frappait son époux dès qu'il était ivre et se trouvait à portée de sa main. Elle finit par le jeter dehors. Il fut alors obligé de vivre sa souffrance aux yeux de la ville entière. Dans la journée, il traînait autour du domaine de Miss Amelia. Parfois, avec un regard dément, il courait chercher son fusil, et le nettoyait en surveillant Miss Amelia du coin de l'œil. Avait-elle peur? Jamais elle ne le laissa voir. Mais son visage était la dureté même, et elle crachait souvent par terre. La dernière folie de Marvin Macy fut de s'introduire une nuit dans le magasin, par la fenêtre ouverte, et de rester assis dans l'ombre, sans autre intention que de la voir descendre l'escalier le matin suivant. Miss Amelia se rendit sans attendre au tribunal de Cheehaw, avec l'intention de le faire enfermer au pénitencier pour effraction. Marvin Macy quitta la ville ce jour-là. Personne ne le vit partir. Personne ne sut où il était allé. Avant de partir, il glissa sous la porte de Miss Amelia une lettre étrange, écrite mi-partie au crayon, mi-partie à l'encre – une lettre d'amour fou, qui contenait de violentes menaces. Il y faisait serment de se venger d'elle d'ici la fin de sa vie. Son mariage n'avait duré que dix jours. Et la ville éprouva cette satisfaction particulière qu'éprouvent les gens lorsqu'ils voient quelqu'un terrassé d'une manière abominable.

Miss Amelia devint propriétaire de tout ce que possédait Marvin Macy – son bois de charpente, sa montre en or, tous ses biens. Mais ils n'avaient aucune valeur pour elle, et, ce printemps-là, elle déchira l'uniforme du Ku Klux Klan qui appartenait à Marvin pour en couvrir ses plants de tabac. Il n'avait réussi qu'une seule chose : la rendre plus riche et lui faire rencontrer l'amour. Et pourtant, c'est étrange à dire, jamais elle ne parlait de lui qu'avec un mépris et une amertume atroces. Elle refusait même de prononcer son nom et l'appelait toujours, dédaigneusement, « ce tisserand que j'avais épousé ».

Plus tard, quand d'effrayantes rumeurs le concernant atteignirent la ville, Miss Amelia en fut enchantée. Délivré de son amour, le véritable caractère de Marvin Macy se révélait enfin. Il devint un grand criminel. Son nom et sa photographie furent imprimés dans tous les journaux de l'État. Il dévalisa trois stations-service, cambriola avec un fusil à canon scié le supermarché de Society City. On l'accusa du meurtre de Sam le Balafré, un célèbre bandit de grand chemin. Tels étaient les crimes imputés à Marvin Macy, et sa sinistre notoriété s'étendit à de nombreux pays. La loi finit par avoir raison de lui. On l'arrêta un jour où il était ivre, couché à même le sol, dans une cabane, sa guitare à côté de lui, cinquante-sept dollars cachés dans sa chaussure droite. Il fut jugé, condamné, emprisonné dans un pénitencier près d'Atlanta. Et Miss Amelia se sentit profondément satisfaite.

Mais quoi, c'était il y a longtemps toute cette histoire du mariage de Miss Amelia. La ville s'amusa beaucoup de cette aventure grotesque. Pourtant, si les péripéties extérieures de cet amour paraissent tristes et ridicules, il faut se souvenir que l'histoire véritable se déroule dans l'âme de celui qui aime. Et qui, sinon Dieu, a le droit de se poser en juge suprême de cet amour-là, ou de quelque amour que ce soit ? La nuit où le café prit naissance, beaucoup se souvinrent brusquement de ce pauvre mari, enchaîné au fond d'un pénitencier, à des miles et des miles de là. Et pendant toutes les années qui suivirent, on ne cessa jamais de penser à lui. On ne prononçait pas son nom devant le bossu ou Miss Amelia, mais le souvenir de sa passion et de ses crimes, l'image de la cellule où il était enfermé étaient comme un reproche sous-jacent à l'amour de Miss Amelia et à la gaieté qui régnait dans le café. N'oubliez donc pas ce Marvin Macy, car il jouera un rôle effrayant dans ce qui va suivre.

Pendant les quatre années qui virent le magasin devenir un café, il n'y eut aucun changement à l'étage. Cette partie de la maison resta identique à ce qu'elle avait été pendant toute la vie de Miss Amelia, et pendant toute la vie de son père, et même avant lui. On sait déjà que les trois pièces étaient propres comme un sou neuf. Chaque objet, jusqu'au plus petit, avait sa place, et Jeff, l'homme de ménage de Miss Amelia, les nettoyait et les époussetait l'un après l'autre tous les matins. Cousin Lymon occupait la chambre du devant. C'était celle qu'avait occupée Marvin Macy pendant les quelques nuits où il avait eu le droit de monter à l'étage. Auparavant, c'était la chambre du père de Miss Amelia. Elle était meublée d'une armoire, d'un secrétaire avec un napperon de lin blanc amidonné aux coins rechaussés de crochet, d'une table à dessus de marbre et d'un immense lit à colonnes en bois de rose ouvragé. Sur ce lit, deux matelas de plume et une collection de coussins brodés. Le lit était si haut qu'on avait fabriqué un petit escabeau de deux marches pour y monter. Personne ne s'en était encore servi, mais Cousin Lymon le tirait chaque soir de sous le lit, au moment où il y grimpait pour s'y prélasser. À côté de l'escabeau, mais pudiquement caché aux regards, un pot de chambre en porcelaine décoré de roses roses. Pas de tapis sur le parquet ciré. Aux fenêtres, des rideaux d'étoffe blanche, dont les coins eux aussi étaient rechaussés de crochet.

De l'autre côté du salon se trouvait la chambre de Miss Amelia, plus petite et plus simple. Un lit étroit en sapin, un chiffonnier pour son linge, ses chemises et sa robe du dimanche. Deux clous au mur, qu'elle avait plantés elle-même pour suspendre ses bottes. Ni rideau, ni tapis, ni aucun ornement d'aucune sorte.

Le salon qui séparait les deux chambres était meublé avec beaucoup plus de recherche. Un canapé en bois de rose, tapissé d'une vieille soie verte, devant la cheminée. Des tables à dessus de marbre. Deux machines à coudre Singer. Un énorme vase garni de gynérions argentés. Tout était beau et somptueux. La pièce la plus importante du mobilier était une grande vitrine emplie de trésors et de curiosités. Miss Amelia, pour sa part, avait ajouté deux objets à la collection – un large gland, ramassé au pied d'un chêne d'eau, et une petite boîte de velours qui contenait deux minuscules cailloux grisâtres. De temps en temps, lorsqu'elle n'avait rien de précis à faire, elle sortait la boîte de velours, s'approchait de la fenêtre, prenait les cailloux dans sa paume et les regardait avec un mélange de fascination, de respect hésitant et d'effroi. C'étaient deux calculs qu'un médecin de Cheehaw lui avait extraits des reins quelques années plus tôt. Elle avait terriblement souffert, de la première à la dernière seconde, et cette longue épreuve ne lui avait rapporté que ces deux cailloux minuscules. Elle se sentait obligée de leur reconnaître une grande valeur, ou d'admettre qu'elle avait fait une très mauvaise affaire. Elle les avait donc gardés. Mais, un jour – le bossu habitait avec elle depuis deux ans déjà – elle les avait fait monter sur une chaîne de montre qu'elle lui avait offerte. Quant au second objet ajouté à la collection, le large gland, il semblait très précieux pour elle, mais elle le regardait toujours d'un air désolé et perplexe.

« Il représente quoi, Amelia ? lui avait demandé Cousin Lymon.

– C'est un gland, simplement. Un gland que j'ai ramassé l'après-midi où papa est mort.

– Vous voulez dire quoi, exactement ?

– Simplement que j'ai ramassé ce gland l'après-midi où papa est mort. Je l'ai ramassé. Je l'ai mis dans ma poche. Je ne sais pas pourquoi.

– C'est une curieuse raison pour le garder », avait dit Cousin Lymon.

Ils avaient de longues conversations, dans la chambre de Cousin Lymon ; le plus souvent aux petites heures de l'aube, quand le bossu ne pouvait plus dormir. Miss Amelia était une femme de secret. Elle ne se laissait pas prendre à tous les sujets de conversation qui dansaient dans sa tête. Mais elle prenait plaisir à en choisir quelques-uns, qui avaient entre eux un même point commun : on pouvait les développer interminablement. Miss Amelia avait un goût profond pour les problèmes qu'on peut discuter vingt ou trente ans sans leur trouver de solution définitive. Cousin Lymon, de son côté, aimait parler de tout et de rien, car c'était un bavard impénitent. Leurs façons de conduire une conversation étaient très différentes. Miss Amelia s'en tenait aux idées générales, plus ou moins confuses, et se mettait à parler sans fin, d'une voix lourde et pensive, sans savoir exactement où elle allait. Cousin Lymon l'interrompait parfois brusquement, ayant saisi du bec, comme une pie, un petit détail sans importance qui lui permettait de revenir à un niveau précis et concret. Parmi les sujets préférés de Miss Amelia, on trouvait : les astres, pourquoi les Noirs sont-ils noirs, quel est le meilleur traitement du cancer, etc. Son père était également un sujet cher à son cœur, et elle s'y montrait intarissable.

« Comme je dormais, Seigneur ! en ce temps-là, racontait-elle à Cousin Lymon. Je me couchais dès qu'on allumait les lampes, et je m'endormais aussitôt. C'était comme si je m'enfonçais dans de l'huile chaude. Puis l'aube arrivait. Papa entrait dans la chambre, posait sa main sur mon épaule : "Remue-toi, petite", disait-il. Un peu plus tard, je l'entendais crier de la cuisine que le fourneau était allumé. "Beignets frits, annonçait-il, viande blanche en sauce, œufs et jambon." Je me précipitais dans les escaliers. Je m'habillais près du fourneau, pendant qu'il se lavait dehors à la pompe. Et on partait tous les deux pour la distillerie ou...

– Les beignets de ce matin n'étaient pas bons, interrompait Cousin Lymon. Frits trop vite. L'intérieur n'a pas eu le temps de cuire.

– En ce temps-là, quand papa mettait l'alcool en bouteilles... »

La conversation continuait interminablement. Miss Amelia avait les jambes tendues vers le feu. Car il y avait toujours du feu dans la cheminée, hiver comme été, à cause du Cousin Lymon qui était frileux de nature. Il était assis en face d'elle, sur une chaise basse, les pieds ne touchant pas le sol, emmitouflé dans une couverture ou dans son écharpe de laine tilleul. Miss Amelia ne parlait de son père à personne, sauf à Cousin Lymon.

C'était une façon de lui prouver son amour. Elle lui faisait entièrement confiance. Même pour les choses les plus importantes, les plus secrètes. Il était seul à connaître la cachette d'un document indiquant l'endroit où étaient enterrés certains fûts de whisky; seul à pouvoir vérifier l'état de son compte en banque; à se servir de la clef de la vitrine aux trésors. Il prenait de l'argent dans la caisse, à pleines mains, et se réjouissait du bruit qu'il faisait dans ses poches. Presque tout ce qui était là lui appartenait car, lorsqu'il était contrarié, Miss Amelia se mettait en quête d'un cadeau à lui faire. Si bien qu'il ne restait pratiquement plus rien à lui offrir. Le seul point de sa vie qu'elle refusait de partager avec Cousin Lymon était son mariage de dix jours. Le seul sujet de conversation que jamais, au grand jamais, ils n'abordaient ensemble était Marvin Macy.

Et maintenant, regardons couler ces années paresseuses, et arrêtons-nous à un samedi soir, six ans après l'arrivée en ville de Cousin Lymon. C'était au mois d'août. Le ciel avait flambé toute la journée au-dessus de la ville, comme un rideau de flamme. Mais le vert crépuscule n'était plus très loin, et on le sentait venir avec soulagement. Il y avait près d'un pouce de poussière jaune et sèche dans la grand-rue. Les enfants demi-nus couraient au hasard, éternuaient beaucoup, transpiraient, étaient agités. La filature avait fermé à midi. Les gens qui habitaient dans la grand-rue se reposaient sur le pas de leur porte et les femmes agitaient des éventails de feuilles de palmier nain. Il y avait maintenant une enseigne neuve au-dessus du porche de Miss Amelia : CAFÉ. L'arrière-cour était fraîche, ombragée de treillages, et Cousin Lymon y faisait marcher la sorbetière. Il écartait de temps en temps le sel et la glace, et arrêtait le batteur pour vérifier le goût de la crème et voir comment se présentaient les choses. Jeff faisait la cuisine. De bonne heure, ce matin-là, Miss Amelia avait placardé un menu sous la véranda. On pouvait y lire : « *Ce soir, dîner de poulet – vingt* cents *l'assiette* ». Le café était déjà ouvert. Son travail achevé, Miss Amelia venait de quitter son bureau. Les huit tables étaient occupées et une mélodie s'échappait du piano mécanique.

Dans un coin, près de la porte, assis à une table avec un enfant, se tenait Henry Macy. Il buvait de l'alcool, ce qui était rare pour lui, car l'alcool lui montait tout de suite à la tête et le faisait pleurer ou chanter. Son visage était extrêmement pâle. Il avait un tic à la paupière gauche, ce qui lui arrivait toujours lorsqu'il était ému. Il était entré sans bruit, furtivement, et quand on lui avait dit bonsoir il n'avait pas répondu. L'enfant qui était avec lui était le fils de Horace Wells. Son père l'avait déposé chez Miss Amelia le matin parce qu'il était malade.

Miss Amelia était de bonne humeur en sortant de son bureau. Elle alla vérifier quelques détails à la cuisine et revint dans le café, un croupion de poulet à la main car c'était son morceau préféré. Elle regarda autour d'elle pour s'assurer que tout était en ordre et se dirigea vers Henry Macy. Elle fit pivoter une chaise, s'y assit à califourchon, comme si elle n'était là que pour passer le temps en attendant son dîner. Elle avait une bouteille de *Kroup Kure* dans la poche de sa salopette – médicament à base de whisky et de sucre candi mélangés à un mystérieux ingrédient. Elle déboucha la bouteille et la porta à la bouche de l'enfant. Puis, se tournant vers Henry Macy, elle s'aperçut qu'il clignait nerveusement de la paupière gauche.

« Vous souffrez de quoi ? » demanda-t-elle.

Henry Macy parut sur le point de répondre quelque chose d'extrêmement difficile à dire, mais, après avoir longuement croisé le regard de Miss Amelia, il avala sa salive et resta muet.

Elle se tourna vers son malade. Il avait juste la tête à hauteur de la table – une tête très rouge, avec des paupières à moitié fermées, des lèvres entrouvertes. Il avait sur la cuisse un gros furoncle enflé et dur, et son père l'avait conduit chez Miss Amelia pour qu'elle perce ce furoncle. Mais elle avait une façon très personnelle de soigner les enfants. Elle n'aimait pas qu'ils souffrent, qu'ils se débattent et qu'ils aient peur. Elle l'avait donc gardé toute la journée chez elle, lui avait donné de la réglisse et plusieurs doses de *Kroup Kure*, et, le soir venu, lui avait noué une serviette autour du cou et l'avait laissé dîner tout son soûl. Il avait maintenant la tête qui dodelinait lentement de côté et d'autre, et, de temps en temps, il laissait échapper un petit grognement de fatigue.

Il y eut un brusque mouvement dans le café, et Miss Amelia jeta un coup d'œil derrière elle. Cousin Lymon venait d'entrer, avec l'air important qu'il prenait chaque fois qu'il entrait dans le café. Lorsqu'il fut exactement au centre de la pièce, il s'arrêta et regarda autour de lui, dévisageant ceux qui étaient là, évaluant avec une extraordinaire perspicacité le capital émotionnel dont il pourrait disposer ce soir-là. Car le bossu était un véritable brandon de discorde. Il aimait provoquer les drames. Il était capable, sans prononcer un mot, de dresser les gens les uns contre les autres. C'était presque magique. Ainsi, deux ans plus tôt, il avait fait se disputer les jumeaux Rainey à propos d'un couteau de poche. Depuis, ils ne s'adressaient plus la parole. Il avait également assisté à la violente bagarre qui avait opposé Rip Wellborn et Robert Calvert Hall, et à toutes les bagarres qui avaient suivi son arrivée en ville. Il fourrait son nez partout, connaissait en détail la vie privée de tout le monde, se montrait indiscret à toute heure du jour. Et, curieusement, c'est à lui que le café devait pourtant son immense popularité. On ne s'amusait jamais autant que lorsqu'il était là. Chaque fois qu'il entrait, la tension montait brusquement, car, avec un indiscret de cette espèce, on ignorait à l'avance ce qui pouvait vous tomber dessus ou éclater soudain dans la salle. Les gens ne sont jamais aussi libres et d'une insouciance aussi joyeuse qu'au moment où ils sentent planer au-dessus d'eux une possibilité de bagarre ou de drame. Aussi, quand le bossu entra dans le café ce soir-là, tout le monde tourna les yeux vers lui, et on entendit nettement monter le ton des conversations et sauter le bouchon des bouteilles.

Cousin Lymon salua de la main Stumpy MacPhail, qui était assis avec Merlie Ryan et Henry Ford Crimp.

« Ce matin, dit-il, je suis allé pêcher à Rotten Lake. Sur ma route, j'ai dû enjamber ce qui m'a semblé être, à première vue, un tronc d'arbre abattu. Mais, au moment où je l'enjambais, j'ai senti quelque chose qui bougeait; en regardant mieux, j'ai découvert que j'étais à califourchon sur un alligator, aussi long que de cette porte d'entrée à la cuisine, et aussi gros qu'un porc.»

Il continua de bavarder ainsi, et tout le monde lui jetait des regards furtifs. Les uns écoutaient ce qu'il racontait, d'autres non. Il lui arrivait, certains soirs, de ne proférer que vantardises et mensonges. Ce soir-là, tout ce qu'il racontait était faux. Il avait passé la journée sur son lit, souffrant d'un rhume des foins, et ne s'était levé qu'en fin d'après-midi pour mettre la sorbetière en route. Tout le monde le savait. Il continuait pourtant de pérorer, debout au centre du café, accumulant tant de mensonges et de vantardises que chacun en avait les oreilles rompues.

Mains dans les poches, la tête légèrement penchée, Miss Amelia le regardait. Il y avait de la tendresse dans ses yeux gris, et elle souriait doucement. De temps en temps, elle regardait les autres clients. Ses yeux devenaient alors durs et fiers, avec une sorte de menace, comme si elle mettait quiconque au défi de reprocher au bossu ses bouffonneries. Jeff apportait les assiettes déjà servies, et les ventilateurs électriques tout neufs envoyaient dans l'atmosphère d'agréables courants de fraîcheur.

«Le petit bonhomme s'est endormi», finit par dire Henry Macy.

Miss Amelia baissa les yeux vers son malade et se composa un visage conforme à la situation. L'enfant avait le menton sur le bord de la table, un filet de salive ou de *Kroup Kure* lui coulait des lèvres; il fermait à demi les paupières et une petite famille de moucherons s'était tranquillement installée au coin de ses yeux. Miss Amelia lui posa une main sur la tête et le secoua brutalement. Le malade continua de dormir. Alors, elle le souleva, en prenant grand soin de ne pas toucher la partie douloureuse de la jambe, et gagna son bureau. Henry Macy la suivit, et ferma la porte derrière eux.

Ce soir-là, Cousin Lymon s'ennuyait. Il ne se passait rien. Malgré la chaleur, les clients étaient d'excellente humeur. Assis à la table du milieu, Henry Ford Crimp et Horace Wells, qui se tenaient par les épaules, riaient tout bas d'une bonne plaisanterie bien lourde. Le bossu s'approcha d'eux, mais il fut incapable de comprendre car il n'avait pas entendu le début de l'histoire. Le clair de lune étincelait sur la poussière de la route. Les pêchers rabougris étaient immobiles. Pas un souffle de vent. Le bourdonnement des moustiques venus des marais était comme un écho du silence nocturne. La ville semblait obscure, à l'exception d'une lampe lointaine, à droite de la route, en contrebas, qui clignotait faiblement. Quelque part au fond des ténèbres, une femme chantait d'une voix très haute, aiguë et sauvage, et sa mélodie n'avait que trois notes, qu'elle répétait inlassablement. Accoudé à la rambarde de la véranda, le bossu fixait la route déserte, comme s'il espérait que quelqu'un arrive.

Il y eut des pas derrière lui, une voix :

« Cousin Lymon, votre dîner est servi.

– Je n'ai guère faim ce soir, répondit le bossu qui avait passé la journée à avaler son mélange sucré. J'ai comme de l'acidité dans la bouche.

– Juste un petit morceau, dit Miss Amelia. Le blanc, le foie et le cœur. »

Ils regagnèrent la clarté vive du café et prirent place à la table de Henry Macy. C'était la plus grande, avec un bouquet de lis des marais dans une bouteille de Coca-Cola. Miss Amelia était contente. Elle en avait terminé avec son malade. À travers la porte du bureau, on n'avait entendu que quelques gémissements étouffés. Elle avait eu le temps de tout finir avant que l'enfant ne se réveille et ne prenne peur. Il était couché maintenant sur l'épaule de son père, profondément endormi, ses petits bras abandonnés contre le dos de son père, le visage très rouge et enflé. Ils venaient de quitter le café tous les deux pour rentrer chez eux.

Henry Macy gardait toujours le silence. Il mangeait proprement, sans faire de bruit. Il avait trois fois moins d'appétit que Cousin Lymon qui, après avoir déclaré qu'il n'avait pas faim, enfournait bouchée sur bouchée. De temps en temps, Henry Macy levait les yeux vers Miss Amelia, la regardait bien en face, et ne disait rien.

C'était un samedi soir typique. Un vieux couple, qui arrivait de la campagne, hésita un moment dans l'encadrement de la porte, et se décida à entrer – des paysans qui se tenaient par la main. Ils avaient vécu ensemble si longtemps qu'ils étaient devenus comme des jumeaux, bruns et racornis comme deux petites cacahuètes ambulantes. Ils s'en allèrent de bonne heure. Aux environs de minuit, la plupart des clients étaient partis. Rosser Cline et Merlie Ryan jouaient encore aux dames; Stumpy MacPhail était assis devant sa bouteille d'alcool (sa femme refusait qu'il l'emporte chez lui) et continuait tranquillement à se parler à lui-même. Henry Macy était encore là, ce qui était tout à fait inhabituel. Il se couchait presque toujours à la nuit tombée. Miss Amelia bâillait de sommeil, mais, vu la nervosité de Cousin Lymon, elle ne proposait pas de fermer le café.

À une heure du matin, Henry Macy leva les yeux vers le plafond et dit doucement :

« J'ai reçu une lettre. »

Comme Miss Amelia recevait beaucoup de lettres d'affaires et de prospectus, elle n'eut pas du tout l'air impressionné.

« Une lettre de mon frère », ajouta Henry Macy.

Le bossu, qui venait de traverser le café au pas de l'oie, les mains croisées derrière la tête, s'arrêta brusquement. Il était prompt à saisir le moindre changement d'atmosphère. Il regarda tous les visages et attendit.

Miss Amelia fronça les sourcils, ferma le poing droit.

« Grand bien vous fasse, dit-elle.

– Il vient d'être libéré sur parole. Il a quitté le pénitencier. »

Le visage de Miss Amelia s'assombrit. Elle frissonna malgré la chaleur de la nuit. Rosser Cline et Merlie Ryan laissèrent tomber leur jeu de dames. Un calme profond régnait dans le café.

« Qui ? » demanda Cousin Lymon.

Ses grandes oreilles blêmes semblaient avoir grandi et durci de chaque côté de son visage.

« Quoi ? »

Miss Amelia fit claquer la paume de ses mains contre la table.

« Ce Marvin Macy est un… »

Mais sa voix s'enroua. Au bout de quelques secondes, elle finit par dire :

« Il a été condamné au pénitencier jusqu'à la fin de ses jours.

– Qu'a-t-il fait ? » demanda Cousin Lymon.

Il y eut un long silence. Personne ne savait exactement que répondre.

« Il a cambriolé trois stations-service », dit Stumpy MacPhail.

Mais ses paroles appelaient une suite, et l'on sentait qu'elles dissimulaient d'autres péchés.

Le bossu ne supportait pas d'être tenu à l'écart de quoi que ce soit, même d'un grand mystère. Il était dévoré d'impatience. Le nom de Marvin Macy, qu'il ne connaissait pas, le mettait au supplice, comme chaque fois qu'il ignorait ce dont parlaient les autres – allusion à l'ancienne scierie détruite avant son arrivée, phrase échappée par hasard au sujet du pauvre Morris Finestein, souvenir d'un événement quelconque qui avait eu lieu avant sa venue. À côté de cette curiosité innée, il était fasciné par tout ce qui touchait au vol ou au crime. Il faisait le tour de la table, avec son air arrogant, en murmurant «libéré sur parole» et «pénitencier». Mais il avait beau insister pour qu'on lui réponde, il n'arrivait à rien, car personne n'avait l'audace de parler de Marvin Macy en présence de Miss Amelia.

«La lettre ne disait pas grand-chose, reprit Henry Macy. Elle ne disait même pas où il allait.

– Humph!» fit Miss Amelia.

Son visage était toujours dur et sombre.

«Jamais ce démon ne posera ici son pied fourchu.»

Elle repoussa sa chaise et se prépara à fermer le café. Le nom de Marvin Macy avait sans doute fait naître en elle de graves pressentiments, car elle emporta la caisse enregistreuse dans la cuisine et l'enferma dans un endroit secret. Henry Macy disparut dans la rue sombre. Henry Ford Crimp et Merlie Ryan s'attardèrent un moment sous la véranda. Plus tard, Merlie Ryan devait affirmer qu'il avait eu cette nuit-là une vision prémonitoire de ce qui allait arriver. Mais la ville n'y prit pas garde, car Merlie Ryan avait toujours des prétentions de cet ordre. Miss Amelia et Cousin Lymon restèrent un moment dans le salon à parler. Quand le bossu sentit que le sommeil le gagnait, elle disposa la moustiquaire au-dessus de son lit et resta près de lui jusqu'à ce qu'il ait achevé ses prières. Puis elle enfila sa chemise de nuit, fuma deux pipes et attendit longtemps avant d'aller dormir.

Ce fut un automne heureux. Les récoltes étaient bonnes. Au marché de Forks Falls, le tabac atteignit un bon prix. Après ce long été torride, les premières journées de fraîcheur avaient une pureté douce et lumineuse. Les gerbes d'or fleurissaient le long des routes poussiéreuses et la canne à sucre devenait violette en mûrissant. Chaque matin, un autocar de Cheehaw ramassait quelques enfants et les conduisait au collège technique pour parfaire leur éducation. Les jeunes gens chassaient le renard dans les forêts de pins, les édredons d'hiver prenaient l'air suspendus à des cordes et, en prévision des jours froids, on enterrait les patates douces dans la paille. Le soir, de fragiles langues de fumée rose sortaient des cheminées et la lune était orange et ronde au centre du ciel. Aucun silence ne ressemble à la tranquillité de ces premières soirées d'automne. Tard dans la nuit, lorsqu'il n'y avait pas de vent, on entendait parfois le sifflement aigu du chemin de fer qui traversait Society City, en route vers le nord.

Pour Miss Amelia Evans, c'était une période d'intense activité. Elle travaillait de l'aube au coucher du soleil. Elle avait mis en place un nouveau distillateur, plus large, dans son entrepôt, et, en une semaine, elle remplit assez de bouteilles d'alcool pour noyer tout le comté. Sa vieille mule avait des vertiges à force de piler le sorgho. Elle stérilisa ses bocaux hermétiques pour faire ses conserves et prépara ses confitures de poires. Elle attendait impatiemment les premières gelées, car elle avait acheté trois énormes porcs et avait l'intention d'en faire des rôtis, des andouillettes et des saucisses.

Pendant toutes ces semaines, bien des gens remarquèrent le comportement de Miss Amelia. Elle avait des accès de rire – un rire qui sonnait lourdement – et, quand elle sifflotait, c'était avec une sorte d'impertinence mélodieuse. Elle vérifiait ses forces avec le plus grand soin, soulevait des objets très lourds et tâtait du doigt la fermeté de ses biceps. Un jour, elle prit place devant sa machine à écrire, et commença une histoire – une histoire pleine d'étrangers, de portes secrètes et de millions de dollars. Cousin Lymon ne la quittait pas d'un pouce, continuellement pendu à ses basques, et quand elle le regardait il y avait une douce lumière sur son visage, et quand elle prononçait son nom il y avait dans sa voix la secrète vibration de l'amour.

Vint enfin la première annonce du froid. Un matin, Miss Amelia découvrit sur ses vitres des fleurs de givre, et, dans son arrière-cour, la gelée blanche argentait les touffes d'herbe. Elle fit un feu d'enfer dans son fourneau et sortit pour ausculter le temps. L'air était vif et froid, le ciel vert pâle, sans un nuage. Très vite, les gens commencèrent à venir chez elle, de tout le pays, pour connaître le résultat de cette auscultation. Elle décida de saigner son porc le plus gras. La nouvelle fit le tour du comté. Elle tua donc son porc et alluma des braises de chêne dans son barbecue. La fumée qui sortait de son arrière-cour avait l'odeur chaude du sang de cochon, et cette matinée d'hiver était pleine de bruits de pas et d'éclats de voix. Miss Amelia supervisait le travail, donnait des ordres, et tout fut bientôt terminé.

Ce jour-là, elle avait une affaire importante à régler à Cheehaw. Après s'être assurée que tout allait bien, elle mit la voiture en marche d'un tour de manivelle, et, prête à partir, demanda à Cousin Lymon de l'accompagner. Elle le lui demanda exactement sept fois, mais toute cette agitation autour de lui l'enchantait et il refusa de s'en aller. Ce refus eut l'air d'ennuyer Miss Amelia, car elle aimait qu'il soit à côté d'elle, et, lorsqu'elle devait s'éloigner de chez elle, elle était toujours en proie à la mélancolie. Mais, lui ayant posé la question sept fois, elle sentit qu'elle ne pouvait pas insister davantage. Avant de partir, elle prit un bâton et traça un large trait autour du barbecue, à deux pas du foyer environ, en lui recommandant de ne pas franchir cette limite. Elle s'en alla aussitôt après le déjeuner, espérant être de retour avant la nuit.

À présent il n'y a rien d'étonnant à ce qu'une voiture ou un camion qui arrive de Cheehaw et se rend dans une autre ville emprunte la grand-rue. Le percepteur, par exemple, qui vient chaque année discuter avec ceux qui ont de l'argent comme Miss Amelia. Ou si quelqu'un comme Merlie Ryan, par exemple, croit pouvoir se débrouiller pour obtenir une voiture à crédit, ou verser trois dollars pour une superbe sorbetière électrique comme on en voit dans les vitrines de Cheehaw, voilà qu'un homme arrive de la ville, pose des questions indiscrètes, découvre des difficultés cachées et réduit à néant tout espoir d'acheter quoi que ce soit à tempérament. Parfois aussi, et notamment depuis qu'on a commencé à réparer la route des Forks Falls, les fourgons cellulaires qui transportent les bagnards traversent la ville. Il y a enfin des gens qui arrêtent leur voiture parce qu'ils se sont trompés de route et demandent la bonne. Aussi, personne ne s'étonna de voir un camion passer en fin d'après-midi devant la filature et s'arrêter au milieu de la grand-rue, face au café de Miss Amelia. Un homme sauta à terre, et le camion repartit.

L'homme se tenait au milieu de la route et regardait autour de lui. Il était grand, des cheveux bruns bouclés, la démarche pesante, des yeux d'un bleu foncé. Il avait des lèvres très rouges et souriait avec nonchalance, d'un demi-sourire insolent. Il portait une chemise rouge, et une large ceinture de cuir ouvragé. À la main, une valise de fer et une guitare. La première personne qui aperçut le nouvel arrivant fut Cousin Lymon qui avait entendu grincer le changement de vitesse et venait voir ce qui se passait. Il se contenta de glisser la tête à l'angle de la véranda, sans se mettre en pleine lumière. Et les deux hommes se regardèrent fixement. Pas du tout comme deux étrangers qui se rencontrent pour la première fois et se mesurent rapidement l'un l'autre. Non. Ce fut un bien étrange regard que celui qu'ils échangèrent. Un regard comme peuvent en échanger deux criminels qui se reconnaissent. Puis l'homme à la chemise rouge haussa l'épaule gauche et tourna le dos. Le bossu le regarda descendre la grand-rue. Il était extrêmement pâle. Au bout d'un instant, il lui emboîta le pas, en gardant ses distances.

La ville apprit très vite le retour de Marvin Macy. Il se rendit d'abord à la filature, s'accouda nonchalamment au rebord d'une fenêtre et regarda à l'intérieur. Comme tous les paresseux de naissance, il aimait regarder travailler les autres. La filature fut frappée d'une inactivité confuse. Les teinturiers abandonnèrent leurs cuves fumantes, les fileurs et les tisserands oublièrent leurs métiers, et Stumpy MacPhail lui-même, qui était contremaître, se demanda ce qu'il fallait faire. Marvin Macy avait toujours son demi-sourire insolent et humide. Son expression ne changea pas lorsqu'il aperçut son frère. Après avoir jeté un coup d'œil à la filature, il continua sa route jusqu'à la maison où il avait été élevé et posa sous la véranda sa valise et sa guitare. Puis il fit le tour du château d'eau, regarda l'église, les trois magasins, toute la ville enfin. Le bossu boitillait doucement à quelques mètres de lui, mains aux poches, toujours aussi pâle.

Il commençait à se faire tard. Le soleil d'hiver était rouge, et le couchant avait des reflets pourpre et or. Les martinets regagnaient leurs nids, rapides comme des flèches.

Les lampes s'allumaient. On respirait de temps en temps l'odeur de la fumée et le parfum plus chaud et plus lourd de la viande qui cuisait doucement sur le barbecue, dans l'arrière-cour du café. Après avoir fait plusieurs tours en ville, Marvin Macy revint à la maison de Miss Amelia, regarda l'enseigne au-dessus de la véranda, puis, sans hésitation, entra dans la cour. La sirène de la filature fit entendre sa petite plainte solitaire. L'équipe de nuit relaya celle de jour. Et, bientôt, quelques personnes rejoignirent Marvin Macy dans la cour de Miss Amelia – Henry Ford Crimp, Merlie Ryan, Stumpy MacPhail, beaucoup d'enfants, et des gens qui préféraient rester dans l'ombre et regarder de loin. On parlait à peine. Marvin Macy se tenait d'un côté du barbecue, les autres lui faisaient face. Cousin Lymon était seul, à l'écart, et ne quittait pas des yeux le visage de Marvin Macy.

«C'était agréable, le pénitencier?» demanda Merlie Ryan avec un petit rire nerveux et stupide.

Marvin Macy ne répondit pas. Il sortit de sa poche un grand couteau, l'ouvrit lentement et en aiguisa la lame sur le fond de son pantalon. Merlie Ryan se tut aussitôt et s'effaça derrière les larges épaules de Stumpy MacPhail.

Miss Amelia ne revint qu'à la nuit tombée. Elle était loin encore lorsque parvint le bruit de ferraille de son automobile. Un peu plus tard, il y eut le claquement d'une portière, et quelques secousses étouffées, comme si elle traînait quelque chose sur le perron. Le soleil était couché. Le ciel avait cette lumière bleutée et brumeuse des premières nuits d'hiver. Miss Amelia descendit lentement les marches qui menaient à l'arrière-cour. Les gens attendaient en silence. Il y avait peu de personnes au monde capables de tenir tête à Miss Amelia, et, comme elle avait pour Marvin Macy une haine implacable et féroce, on pensait qu'elle allait entrer dans une rage violente, saisir n'importe quel objet dangereux et le chasser définitivement de la ville. Mais elle n'aperçut pas tout de suite Marvin Macy. Son visage avait l'expression rêveuse et contente habituelle quand elle rentrait après un long déplacement.

Il semble qu'elle ait aperçu à la même seconde Marvin Macy et Cousin Lymon. Son regard alla rapidement de l'un à l'autre, mais ce n'est pas sur le voyou du pénitencier qu'il se posa enfin, avec un étonnement écœuré. C'est sur Cousin Lymon. Et tout le monde avec elle, car il valait la peine d'être regardé.

Le bossu se tenait dans l'angle du foyer, son pâle visage à peine éclairé par le rougeoiement des braises de chêne, qui brûlaient sans faire de fumée. Il possédait un talent très particulier, dont il se servait quand il cherchait à gagner les bonnes grâces de quelqu'un. Il restait parfaitement immobile, se concentrait légèrement et parvenait à faire bouger ses grandes oreilles pâles avec une rapidité et une aisance surprenantes. Il faisait appel à ce talent chaque fois qu'il voulait obtenir quelque chose de Miss Amelia, car elle était incapable d'y résister. Il se tenait donc à l'angle du foyer, et ses oreilles dansaient furieusement des deux côtés de sa tête. Pourtant, ce n'est pas vers Miss Amelia qu'il était tourné mais vers Marvin Macy. Et il lui adressait un sourire suppliant, voisin du désespoir. Au début, Marvin Macy n'y fit aucune attention. Lorsqu'il consentit à le regarder, il n'eut pas du tout l'air d'apprécier ce talent.

« Qu'est-ce qu'il a, ce biscornu ? » demanda-t-il avec un geste nerveux du pouce.

Personne ne répondit. Cousin Lymon, voyant que son talent ne lui servait à rien, tenta d'autres manœuvres de séduction. Il se mit à faire papilloter ses paupières, comme de fragiles phalènes dans ses orbites. Il gratta le sol du pied, agita les mains, esquissa un petit pas de fox-trot. Dans la lueur sourde de cette nuit d'hiver, il ressemblait à l'enfant du génie des marais.

De tous les gens qui étaient là, seul Marvin Macy restait indifférent.

«Le nabot a une crise de nerfs ?» demanda-t-il.

Comme personne ne répondait, il s'approcha de Cousin Lymon et lui donna un coup sur le coin de la figure. Le bossu chancela et tomba sur le sol. Il resta assis là où il était tombé, les yeux toujours fixés sur Marvin Macy, et fit un dernier effort timide et désolé pour remuer les oreilles.

Tout le monde regardait Miss Amelia, pour voir sa réaction. Depuis quatre ans, personne ne s'était permis de toucher à un seul cheveu de Cousin Lymon. Ce n'est pourtant pas l'envie qui manquait à certains. Mais il suffisait que quelqu'un parle un peu sévèrement du bossu pour que Miss Amelia refuse aussitôt de lui faire crédit, et s'arrange pour que cet audacieux ait ensuite tous les ennuis possibles. On aurait donc trouvé tout naturel qu'elle aille chercher une hache sous le porche et ouvre en deux la tête de Marvin Macy. Elle n'en fit absolument rien.

Miss Amelia avait parfois l'air d'entrer en transe. On savait, la plupart du temps, ce qui provoquait ces transes, et on les comprenait. Car Miss Amelia était un médecin consciencieux, qui ne se contentait pas de broyer quelques racines des marais avec d'autres plantes et de les faire avaler au premier malade venu sans les avoir essayées. Chaque fois qu'elle inventait un nouveau remède, elle se l'administrait d'abord à elle-même. Elle en ingurgitait une énorme dose, et passait la journée à faire pensivement les cent pas entre son café et ses toilettes en brique. Lorsqu'elle était prise d'un violent accès de colique, elle restait généralement immobile, les yeux attachés au plancher, les poings crispés, essayant de garder toute sa lucidité et de repérer quelle sorte d'organe réagissait au remède et quelle sorte de maladie il pouvait guérir. Pendant qu'elle regardait le bossu et Marvin Macy, elle avait exactement cette expression-là, tendue vers l'intérieur d'elle-même, cherchant à localiser la douleur, bien qu'elle n'ait absorbé aucun nouveau médicament ce jour-là.

« Ça t'apprendra, tordu », dit Marvin Macy.

Henry Macy rejeta en arrière ses pauvres cheveux grisonnants et toussa nerveusement. Stumpy MacPhail et Merlie Ryan remuèrent les pieds, mal à l'aise. Les enfants et les Noirs, qui étaient restés dans l'ombre, à la frontière de la propriété, ne faisaient aucun bruit. Marvin referma le couteau qu'il venait d'aiguiser, et, après avoir regardé autour de lui sans la moindre frayeur, quitta l'arrière-cour, d'un air triomphant. Les braises n'étaient plus que des cendres grises. Il faisait presque noir.

C'est ainsi que Marvin Macy revint du pénitencier. Pas une âme, en ville, n'eut plaisir à le revoir. Pas même Mrs Mary Hale, qui avait le cœur généreux et qui s'était chargée de son éducation, avec amour et sollicitude. Quand elle le revit pour la première fois, cette vieille mère adoptive lâcha la poêle à frire qu'elle tenait à la main et se mit à pleurer. Mais rien ne touchait le cœur de Marvin Macy. Il restait assis sous la véranda de Mrs Hale, grattait négligemment sa guitare et, dès que le dîner était prêt, écartait de son chemin les enfants qui se trouvaient là et se servait un repas bien copieux, alors qu'il y avait juste assez de galettes de maïs et de viande blanche pour tout le monde. Quand il avait fini de manger, il choisissait le coin le plus chaud et le plus confortable de la pièce du devant, s'y endormait, et ses rêves eux-mêmes ne le troublaient pas.

Miss Amelia n'ouvrit pas son café, ce soir-là. Elle verrouilla soigneusement les portes et les fenêtres, et resta cachée à tous les regards, ainsi que Cousin Lymon. Une lampe brûla toute la nuit dans leurs chambres.

Comme on pouvait s'y attendre, Marvin Macy apporta aussitôt le malheur avec lui. Le temps changea dès le lendemain et devint étouffant. À l'aube, il flottait dans l'air une chaleur lourde et gluante, le vent charriait l'odeur écœurante des marais, et de frêles moustiques couvrirent de leur bruit aigu l'eau verte du bief. C'était hors de saison, pire qu'en plein mois d'août, et les dommages furent importants. Car, dans le comté, presque tous ceux qui possédaient un porc avaient suivi l'exemple de Miss Amelia, et l'avaient égorgé la veille. Comment conserver des saucisses par un temps pareil ? Au bout de quelques jours, l'odeur de la viande pourrissante s'infiltrait partout. Partout une affreuse atmosphère de gaspillage. Plus grave encore. Au cours d'une réunion de famille, près de la route des Forks Falls, on servit du rôti de porc et la famille mourut, au grand complet. Le cochon avait certainement été contaminé. Comment savoir si le reste de la viande était mauvais ou non ? Les gens étaient déchirés entre l'envie de déguster ce porc merveilleusement parfumé et la peur de la mort. Ce fut un temps de désordre et de gaspillage.

Cause de tout cela, Marvin Macy n'avait honte de rien. Il se montrait partout. Aux heures de travail, il flânait aux alentours de la filature et regardait par les fenêtres. Le dimanche, il mettait sa chemise rouge et arpentait la grand-rue avec sa guitare, d'un air triomphant. Il était toujours aussi beau – cheveux bruns, lèvres rouges, épaules larges et fortes. Mais le mal qui l'habitait était trop célèbre désormais pour que sa belle apparence puisse tromper qui que ce soit. Ce n'était pas seulement à ses péchés connus qu'on prenait la mesure de ce mal. C'est vrai qu'il avait dévalisé des stations-service, qu'il avait bien avant cela déshonoré les plus jeunes filles du comté et qu'il y avait pris plaisir. C'est vrai qu'on pouvait dresser toute une liste de méfaits dont il était coupable. Mais ces méfaits mis à part, il cachait en lui une bassesse secrète qui le suivait comme une odeur. Autre chose encore : il ne transpirait pas. Même au mois d'août. Et c'était un signe digne d'être médité.

Aux yeux de la ville entière, il semblait être devenu plus dangereux qu'avant. Au pénitencier d'Atlanta, il avait dû apprendre l'art de jeter des sorts. Sinon, comment expliquer l'impression qu'il produisait sur Cousin

Lymon ? Car à peine le bossu avait-il posé son regard sur Marvin Macy qu'un esprit contre nature l'avait ensorcelé. Il était sans cesse à suivre ce gibier de potence, et sa tête bouillonnait d'idées folles pour attirer son attention. Mais Marvin Macy le regardait avec dédain ou ne le remarquait même pas. Le bossu renonçait alors et venait se percher sur la balustrade de la véranda, comme l'oiseau malade qui rejoint les autres sur un fil téléphonique, et il se lamentait à voix haute.

« Mais pourquoi ? » demandait Miss Amelia en le regardant fixement, louchant de plus en plus, les poings serrés.

« Oh ! Marvin Macy… », murmurait tristement le bossu.

La seule musique de ce nom bouleversait si profondément le rythme de ses sanglots qu'il finissait par hoqueter.

« … Il connaît Atlanta. »

Miss Amelia secouait la tête. Son visage était sombre et dur. D'abord, l'idée de voyager l'irritait. Elle n'avait que mépris pour les agités, les gens qui se rendent à Atlanta ou parcourent plus de cinquante miles pour voir l'Océan.

« Connaître Atlanta n'a rien de méritoire.

– Il a été au pénitencier », continuait le bossu, triste et envieux.

Comment discuter à partir de telles jalousies ? Miss Amelia était tellement perplexe qu'elle n'était plus très sûre de ses réponses.

« Au pénitencier, Cousin Lymon ? Un pareil voyage, il n'y a pas de quoi s'en vanter. »

Pendant toutes ces semaines, la ville surveilla Miss Amelia de très près. Elle travaillait distraitement, le regard lointain, comme lorsqu'elle était en transe. Pour une raison inconnue, depuis le retour de Marvin Macy elle avait laissé de côté sa salopette et portait chaque jour la robe rouge qu'elle réservait jusque-là aux dimanches, aux enterrements et aux séances du tribunal. Au fur et à mesure que passaient les semaines, elle fit quelques tentatives pour éclaircir la situation. Mais ses efforts étaient difficiles à comprendre. Puisqu'elle souffrait de voir Cousin Lymon suivre partout Marvin Macy, pourquoi ne réglait-elle pas le problème une fois pour toutes ? Pourquoi ne menaçait-elle pas le bossu de le mettre à la porte s'il continuait à fréquenter Marvin Macy ? C'était tout simple. Cousin Lymon ne pouvait que se soumettre, ou accepter d'être seul de nouveau, abandonné de tous en ce monde. Mais Miss Amelia semblait avoir perdu toute volonté. Pour la première fois de sa vie, elle ne savait pas quelle attitude prendre. Et, comme la plupart de ceux que l'incertitude envahit, elle se décida pour la pire de toutes – c'est-à-dire qu'elle adopta plusieurs attitudes différentes, qui se contredisaient les unes les autres.

Le café continuait d'être ouvert chaque soir, et c'était bien étrange, mais, lorsque Marvin Macy faisait son entrée, l'air arrogant, le bossu sur ses talons, elle ne le jetait pas dehors. Au contraire. Elle lui offrait à boire gratuitement, en lui adressant des sourires obliques et égarés. Et, dans le même temps, elle allait poser dans les marais un piège qui l'aurait tué à coup sûr s'il s'y était laissé prendre. Elle acceptait que Cousin Lymon l'invitât à dîner le dimanche et cherchait à lui faire un croc-en-jambe quand il descendait le perron. Elle offrit à Cousin Lymon une immense tournée de distraction, lui faisant faire d'épuisants voyages pour applaudir toutes sortes de spectacles qu'on donnait à toutes sortes d'endroits, l'emmenant en voiture à trente miles de là assister aux tournées Chautauqua, ou à Forks Falls pour une grande parade. Pour elle aussi ce fut d'ailleurs un temps de distraction. La plupart des gens pensaient qu'elle était bonne pour l'asile de fous, et personne ne comprenait ce qui allait sortir de tout cela.

Il fit froid de nouveau. L'hiver cerna la ville, et la nuit tombait sur la filature avant la relève de la dernière équipe. Les enfants dormaient tout habillés et les femmes relevaient le bas de leur jupe pour se chauffer rêveusement devant le feu. Lorsqu'il pleuvait, la boue gelait aussitôt dans les ornières. Les lampes n'étaient plus que de vagues lueurs derrière les vitres des maisons et les pêchers rabougris étaient nus. Pendant ces noires et silencieuses soirées d'hiver, le café était le seul endroit animé de la ville. Les lumières y étaient si vives qu'on les apercevait à un quart de mile à la ronde. Au fond de la salle, l'énorme poêle rugissait, crépitait et rougeoyait. Miss Amelia avait accroché des rideaux rouges devant les fenêtres et elle avait acheté à un colporteur un bouquet de roses en papier qui avaient l'air d'être vraies.

Mais ce n'est pas seulement la chaleur, la gaieté, les divers ornements qui donnaient au café une importance si particulière et le rendaient si cher aux habitants de la ville. Il y avait une raison plus profonde – raison liée à un certain orgueil inconnu jusque-là dans le pays. Pour comprendre cet orgueil tout neuf, il faut avoir présent à l'esprit le manque de valeur de la vie humaine. Une foule de gens se rassemblait toujours autour d'une filature. Mais il était rare que chaque famille ait assez de nourriture, de vêtements et d'économies pour faire la fête. La vie devenait donc une lutte longue et confuse pour le strict nécessaire. Tout se complique alors : les choses nécessaires pour vivre ont toutes une valeur précise, il faut toutes les acheter contre de l'argent, car le monde est ainsi fait. Or vous connaissez, sans avoir besoin de le demander, le prix d'une balle de coton ou d'un litre de mélasse. Mais la vie humaine n'a pas de valeur précise. Elle nous est offerte sans rien payer, reprise sans rien payer. Quel est son prix ? Regardez autour de vous. Il risque de vous paraître dérisoire, peut-être nul. Alors, après beaucoup d'efforts et de sueur, et vu que rien ne change, vous sentez naître au fond de votre âme le sentiment que vous ne valez pas grand-chose.

Cet orgueil tout neuf que le café apportait à la ville, tout le monde, en revanche, pouvait le partager, même les enfants. Car on n'était pas obligé de dîner ou de consommer de l'alcool. Il existait des boissons rafraîchissantes pour cinq *cents*. Et si vous n'aviez pas de quoi vous les offrir, Miss Amelia confectionnait elle-même une boisson très douce et très rose, appelée «jus de cerise», à un *cent* le verre. À l'exception du révérend T. M. Willin, tout le monde, ou presque, venait au café une fois par semaine au moins. Les enfants sont ravis de dormir hors de chez eux ou de manger chez des voisins. Dans ces occasions exceptionnelles, ils se tiennent toujours très bien et se sentent très fiers. Quand les gens de la ville entraient dans le café, ils ressentaient la même fierté. Avant de se rendre chez Miss Amelia, ils faisaient toilette, et s'essuyaient poliment les pieds sur le seuil de la salle. Car, pendant quelques heures, ils pouvaient enfin oublier ce sentiment amer et profond de ne pas valoir grand-chose en ce monde.

Le café était particulièrement prisé par les célibataires, les pauvres et les tuberculeux. Il faut signaler ici qu'un certain nombre de raisons conduisaient à penser que Cousin Lymon était tuberculeux. L'éclat de ses yeux gris, sa nervosité, son besoin de parler, sa toux. Ce sont des symptômes précis. De plus, il est généralement admis qu'il y a relation de cause à effet entre la tuberculose et le fait d'être bossu. Chaque fois qu'on abordait ce sujet devant Miss Amelia, elle se mettait en colère. Elle récusait ces symptômes avec véhémence. En cachette, pourtant, elle faisait des sinapismes à Cousin Lymon, le forçait à boire du *Kroup Kure* et toutes sortes d'autres remèdes. La toux du bossu s'aggrava cet hiver-là. De temps en temps, même s'il faisait très froid, il avait de brusques accès de transpiration. Cela ne l'empêchait pas de suivre Marvin Macy.

Très tôt le matin, il quittait sa chambre et venait se poster derrière la maison de Mrs Hale, pour attendre inlassablement – car Marvin Macy aimait faire la grasse matinée. Cousin Lymon attendait donc en l'appelant à mi-voix. Une voix qui ressemblait à celle des enfants accroupis près des cratères minuscules où sont censées habiter les coccinelles, y enfonçant le crin d'un balai et les fouillant patiemment en chantonnant d'une voix plaintive : *Coccinelle, envole-toi, coccinelle, envole-toi, coccinelle madame, ta maison brûle, coccinelle madame, tes enfants sont carbonisés*. De la même voix désolée, résignée et chantante, le bossu murmurait chaque matin le nom de Marvin Macy. Et, quand Marvin Macy sortait de la maison, il le suivait à travers la ville, et parfois ils disparaissaient ensemble, pendant des heures, du côté des marais.

Et Miss Amelia continuait de faire la pire des choses possibles : c'est-à-dire d'adopter plusieurs attitudes différentes et contradictoires. Lorsque Cousin Lymon quittait la maison, elle ne cherchait pas à le retenir, mais restait debout au milieu de la route, toute seule, et le suivait des yeux jusqu'à ce qu'il ait disparu. Marvin Macy venait au café chaque soir, suivi de Cousin Lymon, et s'asseyait pour dîner. Miss Amelia sortait ses bocaux de poires. La table était surchargée de jambon, de poulet, de bouillie de maïs dans de grands bols et de purée de pois cassés. Un soir, pourtant, Miss Amelia tenta d'empoisonner Marvin Macy. Mais, à la suite d'une erreur, il y eut confusion dans les assiettes et c'est à elle que revint le plat empoisonné. Elle le comprit très vite au léger goût d'amertume des aliments. Elle ne dîna pas, ce soir-là, mais resta assise, la tête rejetée en arrière, tâtant ses muscles et regardant fixement Marvin Macy.

Marvin Macy venait donc au café chaque soir, s'installait à la meilleure table, la plus grande, celle qui se trouvait au centre de la salle. Cousin Lymon lui apportait de l'alcool sans jamais lui faire payer un *cent*. Marvin Macy ne lui en montrait aucune gratitude. Il le chassait de la main, et, chaque fois qu'il le trouvait sur son chemin, il lui donnait un coup sur la bosse ou disait :

« Disparais, tordu – sinon, je te scalpe la bosse ! »

À ces moments-là, Miss Amelia quittait son comptoir et s'approchait lentement de Marvin Macy, les poings serrés, sa robe rouge cachant mal ses genoux osseux. Marvin Macy serrait les poings, lui aussi, et ils commençaient à se tourner autour, en se regardant d'un air qui en disait long. Et tout le monde retenait son souffle, mais il ne se passait jamais rien. L'heure du combat n'avait pas encore sonné.

Si l'on se souvient de cet hiver, si on en parle souvent, c'est pour une raison bien particulière. Il se produisit quelque chose de tout à fait exceptionnel. Le 2 janvier, en se réveillant, les gens découvrirent derrière leurs fenêtres un univers complètement métamorphosé. Les petits enfants, qui ne savaient pas de quoi il s'agissait, furent tellement étonnés qu'ils se mirent à pleurer. Les vieillards fouillèrent dans leurs souvenirs, mais rien ne leur rappelait un semblable prodige. Il avait neigé pendant la nuit. Dans les heures sombres d'après minuit, les flocons s'étaient mis à tomber sans bruit sur la ville. À l'aube, le sol avait complètement disparu, la neige s'accrochait curieusement aux vitraux rouges de l'église et blanchissait le toit des maisons. Elle donnait à la ville un air maladif et lugubre. Près de la filature, les maisons de deux pièces, qui étaient sales et de guingois, paraissaient sur le point de s'effondrer. Tout semblait plus petit, plus sombre. Mais la neige elle-même – il y avait en elle une beauté que bien peu de gens connaissaient déjà. Elle n'était pas blanche, comme le prétendaient ceux du Nord. Elle avait toutes sortes de couleurs, douces et tendres, du bleu, de l'argent, et le gris du ciel était un gris calme et lumineux. Douceur rêveuse de la neige qui tombe – le silence de la ville, l'avait-on connu si profond?

Face à la neige, chacun réagissait à sa manière. Debout devant sa fenêtre, Miss Amelia releva le col de sa chemise de nuit en remuant pensivement ses orteils nus. Au bout d'un long moment, elle entreprit de fermer ses volets et de barricader soigneusement toutes les fenêtres de l'étage. Elle verrouilla complètement la maison, alluma les lampes et vint s'asseoir avec gravité devant son bol de bouillie de maïs. Non qu'elle ait une peur particulière des chutes de neige. Mais, face à cet événement inattendu, elle se sentait incapable de se forger une opinion immédiate. Faute de pouvoir dire, de façon exacte et définitive, ce qu'elle en pensait (ce qui était le cas pour la plupart des événements), elle préférait l'ignorer. Jamais encore, depuis qu'elle était au monde, la neige n'était tombée sur le comté, jamais encore elle n'y avait pensé d'une manière ou d'une autre. Si elle consentait à admettre l'existence de cette neige, elle serait obligée de prendre une décision quelconque, et, depuis quelque temps, elle avait une vie suffisamment perturbée. Elle continua donc d'aller et venir dans sa maison calfeutrée, à la lumière des lampes, comme s'il n'était rien arrivé. Cousin Lymon, au contraire, était dans un état d'extrême agitation. Dès que Miss Amelia eut tourné le dos pour lui préparer son déjeuner, il fila.

Marvin Macy s'appropria cette chute de neige. Il affirma qu'il avait déjà vu la neige à Atlanta, qu'il la connaissait, et, à sa façon de déambuler à travers la ville, on pouvait croire que chaque flocon lui appartenait. Il ricanait devant les petits enfants qui se glissaient timidement hors de leur maison, ramassaient une poignée de neige et la goûtaient. Le révérend Willin descendit la grand-rue d'un pas pressé, le visage rouge de colère, réfléchissant à la meilleure façon de faire intervenir la neige dans son sermon dominical. La plupart des gens regardaient cette merveille avec tendresse et humilité. Ils parlaient à voix basse et ne cessaient de dire «merci» et «je vous prie». Quelques esprits malades se sentirent évidemment démoralisés et se mirent à boire. Mais ils étaient peu nombreux. Chacun sentait que c'était une journée exceptionnelle, et beaucoup comptaient leur argent avec l'intention d'aller au café cette nuit-là.

Cousin Lymon ne quitta pas Marvin Macy de toute la journée, l'aidant à faire valoir ses droits sur la neige. Il s'émerveillait de voir qu'elle ne tombait pas comme la pluie, suivait des yeux la chute rêveuse et douce des flocons, jusqu'à en tituber de vertige. Et son orgueil personnel se réchauffait au prestige qui entourait Marvin Macy. À tel point que bien des gens ne résistaient pas au désir de l'interpeller.

« Oho, soupiraient les mouches du coche, on en soulève de la poussière… »

Ce soir-là, Miss Amelia n'avait pas l'intention de servir à dîner. À six heures, pourtant, elle entendit des bruits de pas sous la véranda et entrebâilla prudemment sa porte. C'était Henry Ford Crimp. Il n'y avait rien à manger, mais elle lui permit de s'asseoir à une table et lui servit à boire. D'autres suivirent. Le soir était bleu, d'un froid vif. La neige ne tombait plus, mais le vent qui venait des forêts de pins soulevait du sol de légères rafales. Cousin Lymon n'arriva qu'à la nuit tombée. Marvin Macy l'accompagnait, sa valise de fer et sa guitare à la main.

« Vous partez en voyage ? » se hâta de demander Miss Amelia.

Marvin Macy alla se réchauffer près du poêle, puis s'assit à sa table et aiguisa avec soin un cure-dent. Il se nettoya les dents lentement, en sortant souvent le bâtonnet de sa bouche pour en examiner la pointe et l'essuyer sur la manche de sa veste. Il ne prit pas la peine de répondre.

Le bossu observait Miss Amelia derrière son comptoir. Il n'y avait pas l'ombre d'une supplication sur son visage. Il était parfaitement sûr de lui. Il croisa les mains derrière son dos et redressa fièrement les oreilles. Il avait les joues en feu, les yeux brillants, les vêtements trempés.

«Marvin Macy vient nous faire une petite visite», dit-il.

Miss Amelia n'éleva aucune protestation. Elle quitta seulement son comptoir et se mit à tourner autour du poêle, comme si cette nouvelle lui avait brusquement glacé le sang. Mais elle ne se réchauffait pas le dos en soulevant pudiquement sa jupe d'un pouce, comme le font les autres femmes dans un endroit public. Il n'y avait pas une once de pudeur chez Miss Amelia, et il lui arrivait souvent d'oublier qu'il y avait des hommes autour d'elle. Elle se réchauffait donc et sa robe rouge était suffisamment retroussée pour qu'on puisse apercevoir, si on y faisait attention, un morceau de cuisse musclée et velue. Le visage tourné sur le côté, elle était plongée dans une longue conversation avec elle-même. On la voyait plisser le front, hocher la tête et, sans comprendre clairement ce qu'elle disait, on percevait dans sa voix un ton d'accusation et de reproche. Pendant ce temps, le bossu et Marvin Macy avaient gagné le premier étage – gagné le salon fleuri de gynérions argentés des pampas, avec ses deux machines à coudre, et les chambres où Miss Amelia avait passé toute sa vie. En bas, dans le café, vous pouviez clairement entendre Marvin Macy qui s'affairait, ouvrait sa valise, s'installait.

Voilà comment Marvin Macy s'installa chez Miss Amelia. Au début, Cousin Lymon lui donna sa chambre, et dormit sur le canapé du salon. Mais la neige eut sur lui un effet regrettable. Il attrapa un rhume qui se transforma en bronchite, et Miss Amelia fut obligée d'abandonner sa propre chambre. Le canapé du salon était trop étroit pour elle, ses jambes pendaient, elle tombait souvent par terre. Peut-être ce manque de sommeil lui embrumait-il le cerveau ? Tout ce qu'elle tentait contre Marvin Macy se retournait contre elle. Elle se prenait à ses propres pièges et se retrouvait dans les situations les plus lamentables. Mais elle ne se décidait pas à jeter Marvin Macy dehors, car elle avait peur de se retrouver seule. Quand vous avez vécu avec quelqu'un, c'est un terrible supplice d'être obligé de vivre seul. Le silence d'une chambre, sans autre lumière que le feu, et brusquement l'horloge qui s'arrête, toutes ces ombres qui bougent dans la maison vide… Plutôt que d'affronter la terreur de vivre seul, il vaut mieux accueillir chez vous votre plus mortel ennemi.

La neige ne dura pas. Le soleil réapparut. En deux jours, la ville redevint ce qu'elle avait toujours été. Miss Amelia attendit que tous les flocons aient fondu pour ouvrir ses fenêtres. Elle entreprit un vaste nettoyage et fit prendre le soleil à tout ce qui était dans la maison. Mais, avant toute chose, elle attacha une corde à la plus grosse branche du laurier indien qui était dans son arrière-cour et y suspendit un sac de toile rempli de sable. C'était un punching-ball qu'elle s'était fabriqué, et elle commença ce jour-là à s'entraîner tous les matins. C'était déjà une excellente lutteuse – un peu lourde sur ses jambes, mais connaissant un grand nombre de prises et de clés particulièrement vicieuses.

Il a déjà été dit que Miss Amelia mesurait six pieds deux pouces. Marvin avait un pouce de moins. Ils étaient de poids sensiblement égal. Cent soixante livres environ. À l'avantage de Marvin Macy, il fallait compter le côté sournois de ses mouvements et la force de ses pectoraux. En apparence, toutes les chances étaient de son côté. En ville, cependant, la plupart des gens pariaient sur Miss Amelia. Une seule personne paria sur Marvin Macy. La ville se souvenait de la lutte gigantesque qui avait opposé Miss Amelia et un avocat des Forks Falls, qui avait voulu la rouler. Il s'agissait d'un grand gaillard solidement bâti, mais, à la fin du combat, elle l'avait laissé aux trois quarts mort. Ce qui avait impressionné tout le monde, ce n'était pas seulement son talent de pugiliste, mais la façon dont elle démoralisait son adversaire en faisant d'horribles grimaces et en poussant des hurlements si féroces que les spectateurs eux-mêmes en étaient parfois terrifiés. Elle avait un grand courage, s'exerçait très régulièrement au punching-ball, et, dans ce cas précis, le droit était de son côté. Les gens lui faisaient donc confiance et attendaient. Aucune date n'avait encore été fixée pour le combat. Mais les signes avant-coureurs en étaient trop évidents pour qu'on ne les remarque pas.

Pendant ce temps, le bossu déambulait de sa démarche arrogante, le visage tiré mais heureux. Il avait une façon adroite et subtile d'attiser la discorde entre les adversaires. Il passait son temps à pincer la jambe du pantalon de Marvin Macy pour attirer son attention. Il emboîtait parfois le pas à Miss Amelia. Mais ce n'était que pour singer sa lourde démarche maladroite. Il louchait, imitait ses gestes, comme s'il voulait qu'on la prenne pour un monstre de foire. Il y avait dans tout ce qu'il faisait quelque chose de si horrible que même les clients les plus stupides, comme Merlie Ryan, ne parvenaient pas à en rire. Seul Marvin Macy relevait le coin gauche de sa bouche et riait tout bas. Miss Amelia était alors déchirée par deux émotions contradictoires. Elle regardait le bossu d'un air de sombre reproche désolé. Puis elle se tournait vers Marvin Macy en serrant les dents.

« Va te faire étriper! » disait-elle d'une voix aiguë.

Marvin Macy prenait alors sa guitare, à côté de sa chaise. Sa voix était humide et mielleuse, comme s'il avait trop de salive dans la bouche. Et les mélodies glissaient lentement hors de sa gorge comme des anguilles. Ses doigts robustes pinçaient les cordes avec une agilité surprenante, et ce qu'il chantait était à la fois exaspérant et fascinant. Miss Amelia ne pouvait pas le supporter longtemps.

« Va te faire étriper! » répétait-elle en hurlant.

Marvin Macy avait toujours une réponse prête. Il posait la main sur les cordes, pour étouffer la résonance du dernier accord, et répondait avec une insolence paisible :

« Gueule toujours : ça te retombe dessus! »

Miss Amelia était obligée de s'arrêter, désemparée, car personne ne voyait comment la délivrer de ce piège. Elle ne pouvait pas continuer à hurler des injures, puisque ces injures lui retombaient dessus. Marvin Macy avait l'avantage sur elle, et elle n'y pouvait rien.

Les choses continuèrent donc ainsi. Personne ne savait ce qui se passait entre eux, la nuit, dans les chambres du premier étage. Mais chaque soir le café était plein. Il venait de plus en plus de clients. Il fallut ajouter une table. L'ermite lui-même, ce fou nommé Rainer Smith, qui s'était retiré au fond des marais il y a des années de cela, entendit parler de ce qui se passait. Il s'approcha une nuit de la fenêtre, et couva longuement du regard la grande salle illuminée. La tension était chaque soir à son comble au moment où Miss Amelia et Marvin Macy serraient les poings et s'avançaient l'un vers l'autre en se lançant des regards furieux. Ce qui n'arrivait jamais après une discussion précise, mais se produisait mystérieusement, chacun agissant instinctivement. Le café devenait alors si parfaitement silencieux qu'on pouvait entendre le frémissement des pétales de rose dans le courant d'air. Et chaque soir ils s'affrontaient un peu plus longuement que la veille.

Le combat eut lieu le 2 février, jour de la Marmotte[1]. Le temps était parfait, sans pluie ni soleil, d'une température absolument neutre. Plusieurs signes avant-coureurs permirent aux gens de comprendre que c'était le jour choisi, et, dès dix heures, la nouvelle se répandit dans tout le comté. Très tôt, ce matin-là Miss Amelia avait détaché son punching-ball. Assis sur les marches de l'arrière-cour, une boîte de fer entre les genoux, Marvin Macy s'enduisait soigneusement les bras et les jambes de graisse de porc. Un faucon, au bréchet couleur sang, survola la ville et vint tourner trois fois au-dessus de la maison de Miss Amelia. Les tables du café avaient été rangées sous la véranda pour que le combat puisse avoir lieu dans la grande salle vide. Tous ces signes concordaient. Au déjeuner, Miss Amelia et Marvin Macy mangèrent chacun quatre portions de rosbif à moitié cuit, et restèrent couchés tout au long de l'après-midi pour emmagasiner des forces. Marvin Macy se reposait dans la grande chambre de l'étage, Miss Amelia sur le banc de son bureau. À son visage pâle et tiré, on voyait qu'elle supportait difficilement d'être allongée à ne rien faire. Elle resta

1. Jour de la Chandeleur, où la marmotte termine son hibernation. (*N.d.T.*)

pourtant là, immobile comme un cadavre, les yeux fermés, les mains croisées sur la poitrine.

La journée de Cousin Lymon fut extrêmement agitée. L'excitation raidissait son petit visage. Il prépara lui-même son repas, puis sortit pour aller chasser la marmotte. Il revint une heure plus tard, ayant déjeuné, et annonça que la marmotte avait aperçu son ombre et qu'il fallait prévoir du mauvais temps. Comme Miss Amelia et Marvin Macy se reposaient pour emmagasiner des forces et qu'il se trouvait livré à lui-même, il eut l'idée de peindre la véranda. La maison n'avait pas été repeinte depuis des années. En réalité, Dieu seul savait si elle avait jamais été peinte. Cousin Lymon se mit au travail. Il eut bientôt peint d'un vert acide et éclatant la moitié du plancher de la véranda. Il travaillait comme un sagouin et s'était complètement barbouillé de peinture. Il changea brusquement d'idée, comme à son habitude, renonça à finir le plancher et s'attaqua aux murs, peignant d'abord aussi haut que sa main pouvait atteindre, puis grimpant sur une caisse pour peindre un pied de plus. Quand il eut vidé le pot de peinture, la moitié droite du plancher et une partie des murs étaient d'un vert criard. Cousin Lymon en resta là.

En admirant son travail, il ressentait un sentiment de joie puérile. À ce propos, il faut noter ici un fait curieux. Ni Miss Amelia ni personne en ville n'avaient une idée précise de l'âge du bossu. Certains affirmaient qu'il avait douze ans le soir de son arrivée, que c'était encore un gamin. D'autres étaient persuadés qu'il avait plus de quarante ans. Son regard était fixe et bleu comme celui d'un enfant, mais il avait autour de ses paupières froncées des taches lavande qui étaient les marques de l'âge. Son corps bizarrement tordu ne permettait pas de deviner la vérité. Ses dents elles-mêmes ne fournissaient aucun indice. Elles étaient au complet (deux avaient été cassées en ouvrant une noix), mais il les avait tellement salies en ingurgitant son mélange doux-amer qu'il était impossible de savoir si c'étaient de vieilles dents ou des dents de lait. Quand on l'interrogeait carrément, il affirmait qu'il ignorait tout de son âge – qu'il n'avait aucune idée du temps qu'il avait passé sur terre, peut-être dix ans, peut-être cent ! Et son âge demeurait une énigme.

À cinq heures et demie, Cousin Lymon acheva son travail de peintre. Le temps s'était refroidi. Une légère humidité embrumait l'atmosphère. Le vent soufflait des forêts de pins et faisait trembler les vitres. Il s'amusa longtemps avec un vieux journal qu'il promena le long de la grand-rue jusqu'à ce qu'il s'accroche à un cactus. Les gens commencèrent à affluer de tout le pays. Automobiles bondées, hérissées de têtes d'enfants, chariots tirés par de vieilles mules qui cheminaient à pas pesants, les yeux mi-clos, comme avec un sourire mélancolique et résigné. Trois jeunes garçons arrivèrent de Society City. Ils portaient tous les trois des chemises en rayonne jaune et des casquettes sur la nuque. Ils avaient tout à fait l'air de triplés. On les voyait à tous les combats de coqs et à toutes les cérémonies religieuses. À six heures, la sirène de la filature se fit entendre, indiquant que l'équipe de jour avait fini son travail. La foule fut alors au complet. Parmi les nouveaux venus, il y avait évidemment quelques canailles, quelques personnages inconnus, etc. - mais la foule était très calme. Un ange volait au-dessus de la ville et la lumière du crépuscule donnait aux gens d'étranges visages. L'obscurité se fit peu à peu. Pendant un instant, le ciel fut d'un jaune tendre et lumineux, et les pignons de l'église s'y découpèrent en larges masses sombres. Puis le ciel s'éteignit doucement et la nuit rejoignit ses ténèbres.

Le chiffre sept est un chiffre populaire, et c'était en particulier le chiffre favori de Miss

Amelia. Sept gorgées d'eau contre le hoquet, sept tours du château d'eau au pas de course contre le torticolis, sept cuillerées de sirop «Miracle Amelia» contre les vers – la plupart de ses traitements reposaient sur le chiffre sept. C'est un chiffre qui offre toutes sortes de possibilités, et tous ceux qui ont le goût du mystère et des envoûtements y attachent un grand prix. Le combat devait donc avoir lieu à sept heures. C'était une évidence pour tout le monde, sans que rien soit dit ni écrit – une évidence aussi indiscutable que la pluie lorsqu'elle tombe ou l'odeur fétide qui monte des marais. Un peu avant sept heures, tout le monde se retrouva donc avec gravité autour de la maison de Miss Amelia. Les plus malins se glissèrent dans la salle et restèrent debout le long des murs. Les autres s'entassèrent sous la véranda, ou cherchèrent une place dans l'arrière-cour.

Miss Amelia et Marvin Macy n'avaient pas encore fait leur apparition. Après s'être reposée dans son bureau jusqu'à la fin de l'après-midi, Miss Amelia avait gagné le premier étage. En revanche, Cousin Lymon était là, se frayant un passage au milieu de la foule, frappant sur l'épaule des uns et des autres, claquant nerveusement des doigts et battant des paupières. À sept heures moins une, il pénétra dans la salle en se tortillant et grimpa sur le comptoir. Tout était calme.

Ils avaient sûrement passé un accord préalable, car, au dernier coup de sept heures, Miss Amelia apparut en haut des escaliers. À la même seconde, Marvin Macy apparut à la porte du café, et la foule s'écarta silencieusement pour le laisser entrer. Ils marchèrent lentement l'un vers l'autre, les poings serrés, avec des regards de somnambules. Miss Amelia avait troqué sa robe rouge contre sa vieille salopette, retroussée au-dessus des genoux. Elle était pieds nus et portait un bracelet de force autour du poignet droit. Marvin Macy avait également retroussé les jambes de son pantalon. Il était torse nu, enduit de graisse, chaussé avec les gros souliers qu'on lui avait donnés à sa sortie du pénitencier. Stumpy MacPhail se détacha de la foule et leur palpa les poches avec la paume de la main droite, pour s'assurer qu'on ne verrait pas brusquement jaillir des couteaux. Et ils furent seuls, enfin, au centre de la salle brillamment éclairée.

Il n'y eut aucun signal. Ils frappèrent ensemble. Tous les deux au menton, et leurs deux têtes basculèrent en arrière, et pendant un instant ils restèrent ainsi, légèrement étourdis. Puis ils commencèrent à frapper le sol du pied, en essayant plusieurs positions et en faisant semblant d'envoyer des coups de poing. Et tout à coup, comme deux chats sauvages, ils furent l'un sur l'autre. On entendait le bruit des coups, et des halètements, et des battements de pieds. Si lestes, si rapides qu'on ne pouvait rien voir de ce qui se passait. À un moment, Miss Amelia fut jetée en arrière avec tant de force qu'elle tituba et faillit tomber. À un autre moment, Marvin Macy reçut un tel coup sur l'épaule qu'il se mit à tourner comme une toupie. Et le combat continua, violent, féroce, sans aucun signe de fatigue de l'un ou de l'autre.

Dans ce genre de rencontre, quand les adversaires sont aussi rapides et aussi forts que ces deux-là, il est préférable de se détacher du combat lui-même, trop confus, et d'observer les spectateurs. Ils étaient collés au mur, le plus étroitement possible. Stumpy MacPhail, accroupi dans un coin, serrait les poings par solidarité avec les combattants et faisait entendre des bruits bizarres. Le pauvre Merlie Ryan avait la bouche si grande ouverte qu'une mouche y pénétra et qu'il l'avala sans s'en rendre compte. Et Cousin Lymon… – comme il valait le coup d'œil! Toujours perché sur le comptoir, dominant tout le monde, mains aux hanches, son énorme tête penchée en avant, ses petites jambes pliées, ses genoux en saillie.

L'excitation lui avait provoqué une éruption et ses lèvres grises étaient secouées de tremblements.

Il fallut une demi-heure environ pour que se transforme le cours de la rencontre. Après des centaines de coups échangés, il restait indécis. Et brusquement, Marvin Macy réussit à saisir le bras gauche de Miss Amelia et à le coincer derrière son dos. Elle parvint à se dégager et lui ceintura la taille. Le véritable combat commençait enfin. Dans ce comté, la lutte est la façon la plus courante de se battre – car la boxe est trop rapide et demande trop de réflexion et de concentration. Miss Amelia et Marvin Macy étaient maintenant aux prises pour de bon. La foule sortit de sa réserve et s'approcha davantage. Les lutteurs étaient agrippés l'un à l'autre, muscle contre muscle, hanche contre hanche – d'arrière en avant, de gauche à droite, ils se balançaient. Marvin Macy ne transpirait pas encore, mais la salopette de Miss Amelia était trempée et la sueur coulait si fort le long de ses jambes qu'elle laissait sur le sol des empreintes de pas humides. L'ultime épreuve était arrivée, et, en cet instant de terrible effort, c'était Miss Amelia la plus forte. Marvin Macy était couvert de graisse, il glissait, il était difficile à saisir, mais c'était elle la plus forte. Petit à petit, elle l'obligea à se plier en arrière, pouce après pouce, et le courba de force vers le sol. C'était un spectacle terrible à voir. Dans la salle, on n'entendait que leurs gémissements enroués. Il fut enfin à terre, elle à califourchon sur lui, ses larges mains posées sur sa gorge.

Alors, à cet instant précis, à l'instant où le combat était gagné, un cri s'éleva, un cri à glacer le sang. Et ce qui suivit reste aujourd'hui encore un mystère absolu. La ville entière était là pourtant, et pouvait témoigner, mais certains refusèrent d'en croire leurs yeux. Il y a au moins douze pieds de distance entre le comptoir où se tenait Cousin Lymon et le centre de la salle où se trouvaient les combattants. Et pourtant, à l'instant précis où Miss Amelia saisissait Marvin Macy à la gorge, le bossu prit son élan, vola à travers la salle, comme s'il lui était poussé des ailes de faucon, atterrit sur le dos de Miss Amelia, et lui planta ses griffes dans le cou.

Le reste ne fut plus que désordre confus. Avant que la foule ait eu le temps de reprendre ses esprits, Miss Amelia était battue. Le bossu permit la victoire de Marvin Macy. À la fin du combat, Miss Amelia resta allongée sur le sol, bras en croix, immobile. Marvin Macy la dominait, les yeux écarquillés, son demi-sourire aux lèvres. Quant au bossu, il avait disparu. Terrifié par ce qu'il venait de faire, ou si heureux qu'il préféra s'en réjouir seul à l'écart. Quoi qu'il en soit, il s'était glissé hors du café et avait disparu en rampant sous les marches de l'arrière-cour. Quelqu'un versa de l'eau sur Miss Amelia. Elle réussit à se relever lentement et à se traîner jusqu'à son bureau. À travers la porte ouverte, la foule l'aperçoit, assise devant son secrétaire, la tête dans les bras, sanglotant avec tout ce qui lui restait de souffle, comme en un dernier râle. À un moment, elle serra le poing droit, frappe trois fois le dessus de son secrétaire, puis sa main s'ouvrit lentement et retomba paume en l'air. Alors Stumpy MacPhail alla fermer la porte.

La foule demeura calme. Un par un les gens quittaient le café. On réveilla les mules, on les détacha, on mit les voitures en marche et les trois garçons de Society City descendirent la grand-rue à pied. Ce n'était pas un combat qu'on pouvait monter en épingle, un combat dont on pouvait parler après coup. Les gens s'enfermèrent chez eux, remontèrent leurs couvertures au-dessus de leur tête. La ville était noire – sauf dans les pièces de Miss Amelia où la lumière brûla toute la nuit.

On pense que Marvin Macy et le bossu quittèrent la ville une heure avant l'aube.

Mais, avant de partir, voici ce qu'ils avaient fait :

Ils avaient ouvert la vitrine aux bibelots et raflé tout ce qui était dedans.

Ils avaient cassé le piano mécanique.

Ils avaient gravé des mots obscènes sur les tables du café.

Ils avaient découvert et emporté la montre dont le boîtier s'ouvrait sur l'image d'une cascade.

Ils avaient renversé sur le sol de la cuisine un gallon de sirop de sorgho et brisé tous les bocaux de conserve.

Ils avaient gagné les marais et défoncé entièrement la distillerie, le beau distillateur tout neuf et le refroidisseur, et mis le feu à la baraque.

Ils avaient cuisiné le plat préféré de Miss Amelia, de la bouillie de maïs avec des saucisses, l'avaient assaisonné d'une quantité suffisante de poison pour anéantir le comté entier, et posé le plat bien en évidence sur le comptoir.

Ils avaient cassé tout ce qui leur était tombé sous la main, sans oser cependant faire irruption dans le bureau où Miss Amelia avait passé la nuit.

Et puis, ensemble, ils avaient disparu.

C'est ainsi que Miss Amelia se retrouva seule dans la ville. Les gens auraient bien voulu l'aider, car on est serviable dans cette ville quand l'occasion s'en présente, mais ils ne savaient comment faire. Plusieurs ménagères armées de balais tentèrent d'effacer les traces du désastre. Miss Amelia les regardait, les yeux perdus, louchant de plus en plus, et secouant la tête. Le troisième jour, Stumpy MacPhail entra dans le café pour acheter une chique de tabac Queenie. Miss Amelia lui dit que c'était un dollar. Tout avait brusquement augmenté. Tout valait un dollar. Qu'est-ce que c'était que ce café? En tant que médecin, elle changea aussi bizarrement. Jusque-là, elle était beaucoup plus populaire que le médecin de Cheehaw, car elle ne touchait jamais à l'âme du malade. Elle le privait seulement de quelques plaisirs nécessaires, comme l'alcool, le tabac, etc. Il pouvait à la rigueur lui arriver d'interdire à un malade de manger du melon frit ou quelque plat de cet ordre, mais qu'il ne serait jamais venu à l'idée de personne de désirer. Maintenant, elle avait renoncé à ses bons conseils. Elle prévenait la moitié de ses malades qu'ils allaient mourir et elle ordonnait aux autres des traitements si insensés et si atroces qu'il fallait être fou pour les suivre.

Elle laissa pousser à la diable ses cheveux devenus gris. Son visage s'allongea. Ses muscles s'effacèrent et elle devint maigre comme les vieilles filles qui frisent la déraison. Quant à ses yeux gris… – ils louchaient un peu plus chaque jour, lentement, doucement, comme s'ils allaient à la rencontre l'un de l'autre, pour échanger un bref regard de connivence douloureuse et solitaire. On n'avait plus aucun plaisir à l'entendre parler. Elle avait la langue terriblement acérée.

Quand on parlait du bossu, elle disait seulement : « Oh ! si je pouvais lui mettre la main dessus, je lui arracherais les tripes et je les jetterais au chat ! » Le terrible, c'était moins les mots en eux-mêmes que la voix dont elle les prononçait. Sa voix avait perdu sa vigueur ancienne et cet accent de vengeance qui la traversait lorsqu'elle parlait de « ce tisserand qu'elle avait épousé », ou d'un autre de ses ennemis. C'était une voix cassée, lointaine, affaiblie, qui ressemblait à la plainte asthmatique de l'harmonium à l'église.

Pendant trois ans, elle est venue s'asseoir chaque nuit sur les marches de la véranda, muette et seule, regardant vers le bas de la route et attendant. Le bossu n'est jamais revenu. Certaines rumeurs laissaient entendre que Marvin Macy s'en servait au cours de ses cambriolages en le glissant par les fenêtres.

D'autres que Marvin Macy l'avait vendu à une baraque foraine. Mais, comme la source de ces deux rumeurs était Merlie Ryan, il n'a jamais été possible de savoir la vérité. Au cours de la quatrième année, Miss Amelia fit venir un menuisier de Cheehaw et le paya pour qu'il aveugle sa maison. Depuis, elle n'a pas bougé de ses chambres closes.

Oh! oui! comme la ville est désolée. Dans les après-midi du mois d'août comme la route est vide, et blanche la poussière, et comme le ciel ressemble à un miroir aveuglant… Pas un mouvement. Pas une voix d'enfant. Juste le murmure étouffé de la filature. D'été en été, les pêchers se tordent davantage. Leurs feuilles fragiles sont d'un gris maladif. La maison de Miss Amelia penche tellement vers la droite qu'elle finira par s'effondrer. Ce n'est plus qu'une question de temps. Les gens font bien attention de passer le plus loin possible de sa cour. On ne trouve plus de bon alcool dans la ville. La distillerie la plus proche est à huit miles de là. Et l'alcool qu'elle fabrique est d'une si mauvaise qualité que ceux qui en boivent attrapent sur le foie des verrues plus grosses que des cacahuètes et s'enfoncent dans des rêveries intérieures lourdes de menaces. Vous ne trouverez rien à faire dans cette ville. Tourner autour du château d'eau, donner des coups de pied dans une souche vermoulue, chercher à quoi pourrait servir cette vieille roue de chariot abandonnée près de l'église, sur le bord de la route ? L'ennui pourrit l'âme. Autant aller vers la route des Forks Falls pour entendre le groupe enchaîné des bagnards.

## LES DOUZE MORTELS

La route des Forks Falls est à trois miles de la ville. C'est là que travaille le groupe enchaîné des bagnards. La route est goudronnée. Le comté a pris la décision de combler les ornières et de l'élargir à un endroit dangereux. Le groupe se compose de douze hommes. Ils portent le costume rayé noir et blanc des bagnards. Ils sont enchaînés aux chevilles, surveillés par un gardien armé d'un fusil. La réverbération est si forte que les yeux de ce gardien ne sont que deux étroites lignes rouges. Le groupe travaille toute la journée. Un fourgon cellulaire l'amène à l'aube et le remmène dans le crépuscule gris du mois d'août. Toute la journée, c'est le bruit des pioches dans la terre glaise, le soleil implacable, l'odeur de transpiration. Et chaque jour, c'est la musique. Une voix sombre amorce une phrase, à peine modulée, comme une question qu'elle pose. Bientôt, une seconde voix la rejoint, et peu à peu le groupe entier se met à chanter. Voix sombres dans l'incendie doré du soleil, inextricablement fondues, musique déchirante et joyeuse à la fois. Et voici qu'elle prend de l'ampleur. Une ampleur si vaste qu'elle semble ne plus venir des douze hommes, mais de la terre elle-même ou de l'immensité du ciel. Musique qui force le cœur à s'ouvrir. Celui qui l'entend demeure figé de stupeur et d'émerveillement. Peu à peu, elle va s'éteindre. Il n'y aura plus qu'une voix solitaire, comme un long soupir enroué, et le soleil, et le bruit des pioches dans le silence.

Quelle sorte de groupe peut ainsi donner souffle à une si belle musique ? Simplement douze mortels, sept Noirs et cinq Blancs du comté. Simplement douze mortels enchaînés l'un à l'autre.

# Wunderkind

Elle entra dans le living-room, son carton à musique cognant à petits coups contre les bas qu'elle portait toujours en hiver, l'autre main encombrée par ses livres de classe, et s'immobilisa pour écouter la musique qui venait de la salle d'étude. Un lent cortège d'accords au piano, soutenus par le chant du violon. Puis, sur la musique, la voix gutturale et tout d'une pièce de Mr Bilderbach qui l'appelait :

« C'est toi, Bienchen ? »

En secouant ses mitaines pour les enlever, elle s'aperçut que ses doigts refaisaient par saccades les mouvements de la fugue qu'elle avait travaillée le matin même.

« C'est moi, répondit-elle.

– Je… un instant. »

Elle entendit parler Mr Lafkowitz, mais sans comprendre ce qu'il disait – juste un bourdonnement soyeux et confus. Par rapport à celle de Mr Bilderbach, on dirait une voix de femme, pensa-t-elle. Sa nervosité dispersait son attention. Elle feuilletait tour à tour son livre de géométrie et *Le Voyage de M. Perrichon*, et finit par les poser sur la table. Puis elle s'assit sur le divan et ouvrit son carton pour sortir ses partitions. De nouveau, elle regarda ses mains – les tendons comme des fils qui tremblaient le long des articulations, le bout de son doigt enflammé, couvert d'un méchant bout de sparadrap racorni. La frayeur qui la torturait depuis plusieurs mois augmenta d'intensité.

Elle articula sans bruit, pour elle-même, quelques phrases d'encouragement. « Une bonne leçon – une très bonne leçon – aussi bonne qu'avant… » Elle cessa brusquement de remuer les lèvres en entendant Mr Bilderbach traverser la salle d'étude, et la porte à glissière s'ouvrir en grinçant.

Pendant quelques secondes, elle eut le sentiment bizarre que ce visage, ces larges épaules qui surgissaient derrière la porte, dans un silence que troublait seul le pincement étouffé et bref d'une corde de violon, elle les avait connus durant les quinze années de sa vie, ou presque. Mr Bilderbach. Son professeur, Mr Bilderbach. Un regard vif derrière des lunettes d'écaille ; des cheveux blonds, clairsemés, au-dessus d'un visage étroit comme une lame ; des lèvres pleines, arrondies, avec des traces plus rouges sur la lèvre inférieure, parce qu'il y plantait souvent les dents ; un réseau de veines sous les tempes, et dont on voyait le battement depuis l'autre bout de la pièce.

« Tu n'es pas légèrement en avance ? demanda-t-il en regardant la pendule de la cheminée, qui, depuis un mois, marquait midi cinq. Je suis avec Josef. Nous déchiffrons une sonatine écrite par un de ses amis.

– Parfait, dit-elle en essayant de sourire. Je vais vous écouter. »

Elle voyait ses doigts enfoncer faiblement des touches, en désordre. Elle sentait qu'elle était fatiguée – que s'il ne détournait pas les yeux, elle ne pourrait pas empêcher ses mains de trembler.

Il restait debout, un peu indécis, au milieu de la pièce, les dents plantées dans sa lèvre rouge et pleine.

« Tu as faim, Bienchen ? Il reste un peu de tarte aux pommes préparée par Anna, et du lait.

– Merci, non. Je préfère après.

– Après avoir pris une bonne leçon, c'est ça ? »

Son sourire semblait se perdre dans les coins de sa bouche.

Il y eut un bruit derrière lui. Mr Lafkowitz poussa le second battant de la porte.

« Frances ! dit-il en souriant. Comment va le travail, en ce moment ? »

En présence de Mr Lafkowitz, elle se sentait malgré elle toujours gauche et trop grande pour son âge. C'était un homme si petit, au regard si triste lorsqu'il n'avait pas son violon à la main. Ses sourcils levés très haut sur son visage blême de Juif semblaient poser une éternelle question, mais ses paupières étaient comme endormies, lourdes, indifférentes. Il avait l'air de penser à autre chose, ce jour-là. Elle le vit entrer dans le living-room sans aucune raison, lissant les crins blancs de son archet – dont le tendeur était orné d'une perle – sur un morceau de colophane. À travers la fente des paupières, son regard avait un éclat inusité, et le mouchoir de lin qui sortait de son col rendait plus sombre encore l'ombre qui les cernait.

« Je pense que tu dois avoir une bonne technique, maintenant », continua-t-il, sans attendre qu'elle ait répondu.

Elle regarda Mr Bilderbach. Mais il s'était détourné. De ses larges épaules, il ouvrit si grands les battants de la porte, que le soleil de cette fin d'après-midi glissa à travers les vitres de la salle d'étude et donna au poussiéreux living-room une sorte d'éclat diffus. Derrière son professeur, elle apercevait l'énorme piano, la fenêtre et le buste de Brahms.

« Non, répondit-elle à Mr Lafkowitz. Je travaille affreusement mal. »

Elle frappait d'un doigt nerveux les pages de sa partition.

« Je ne sais pas ce qui m'arrive. »

Elle ne quittait pas des yeux le dos large et musclé de Mr Bilderbach. Elle savait qu'il écoutait avec une grande attention.

Mr Lafkowitz souriait toujours.

« Je sais. Il y a des périodes, comme ça, où… »

Un bref accord dissonant au piano.

« Vous ne pensez pas que nous pourrions nous y mettre ? demanda Mr Bilderbach.

– J'arrive », répondit Mr Lafkowitz.

Avant de franchir la porte, il vérifia de nouveau son archet. Elle le vit prendre son violon qui était resté sur le dos du piano. Il croisa son regard et abaissa son instrument.

« Tu as vu la photographie de Heime ? »

Elle serra les doigts, avec force, sur le coin de son carton à musique.

« Quelle photographie ?

– Dans *Le Courrier musical*, là, sur la table. À l'intérieur de la page de garde, il y a une photographie de Heime. »

La sonatine commença. Dissonnante, et pourtant facile. Vide, et pourtant d'un style aigu, bien à elle. Frances prit la revue et l'ouvrit.

Heime était là – en haut, à gauche. Tenant son violon, les doigts recourbés au-dessus des cordes pour un pizzicato. Des knickers de serge noire serrés sous le genou avec élégance. Un chandail à col roulé. La photographie n'était pas bonne. Prise de profil, mais il tournait les yeux vers l'appareil, et son doigt semblait prêt à pincer la mauvaise corde. Devoir regarder l'appareil le mettait visiblement mal à l'aise. Il avait minci – il avait perdu de l'estomac – mais il n'avait pratiquement pas changé en six mois.

*Heime Israelsky, jeune et talentueux violoniste, photographié chez son professeur, à Riverside Drive, pendant une séance de travail. Le jeune virtuose, qui fêtera bientôt son quinzième anniversaire, vient d'être invité à interpréter le concerto de Beethoven avec…*

Ce matin-là, elle avait travaillé entre six et huit heures, puis son père avait exigé qu'elle vienne prendre son petit déjeuner avec toute la famille. Elle détestait le petit déjeuner. Elle en gardait toujours une sorte de mal au cœur. Elle préférait s'acheter quatres barres de chocolat avec les vingt *cents* du déjeuner, et les croquer pendant la classe – en s'abritant derrière son mouchoir pour sortir les petits morceaux de sa poche, et en s'immobilisant chaque fois que le papier d'argent crissait. Ce matin-là, son père avait posé dans son assiette un œuf frit. Elle savait que si l'œuf crevait – si le jaune visqueux coulait sur le blanc – elle allait se mettre à pleurer. Et ça s'était produit. Elle venait de retrouver exactement la même impression. Elle reposa sans bruit la revue sur la table et ferma les yeux.

Dans la salle d'étude, la musique semblait s'acharner maladroitement à atteindre un but inaccessible. Bienchen réussit à ne plus penser à Heime, au concerto, à la photographie – et à revenir à sa leçon. Elle se déplaça légèrement sur le divan pour mieux voir la salle d'étude et les deux hommes qui jouaient, en regardant de temps en temps la partition posée sur le chevalet du piano et en essayant vigoureusement d'en tirer le maximum.

Elle n'arrivait pas à oublier le visage de Mr Bilderbach lorsqu'il l'avait regardée, un instant plus tôt. Ses mains, sur ses genoux osseux, refaisaient par saccades les mouvements de la fugue. Fatiguée, oui, elle l'était. Avec le sentiment de quelque chose qui tourne et qui s'efface – sentiment qui l'envahissait certains soirs, au moment de sombrer dans le sommeil, lorsqu'elle avait trop travaillé. Quelque chose comme des fragments de rêves épars qui l'emportaient dans un bourdonnement de manège.

Un *Wunderkind* – un *Wunderkind* – un *Wunderkind*. Syllabes qui roulaient l'une contre l'autre à la façon rocailleuse des Allemands, qui venaient rugir contre ses oreilles avant de se perdre en murmure confus. Images tournoyantes qui grandissaient, se déformaient, s'évanouissaient en petites taches transparentes. Images de Mr Bilderbach, de Mrs Bilderbach, de Heime, de Mr Lafkowitz. Images qui tournaient, qui tournaient de plus en plus vite, et ce guttural *Wunderkind* qui éclatait à intervalles réguliers. Et Mr Bilderbach, s'imposant au centre de la ronde, visage tendu, et les autres tout autour.

Des bribes de musique se bousculaient. Des notes qu'elle avait travaillées, qui roulaient les unes sur les autres, comme une poignée de billes dans un escalier. Bach – Debussy – Prokofiev – Brahms. Dont le rythme éveillait un écho grotesque dans son corps épuisé, et le bourdonnement incessant de la ronde.

Certains soirs – lorsqu'elle n'avait travaillé que trois heures, ou n'était pas allée au collège – ses rêves étaient moins embrouillés. La musique suivait son chemin en elle avec évidence, et sa mémoire lui rendait quelques images de son passé, très brèves et très précises – avec la parfaite évidence de ce tableau gnangnan, *L'Âge de l'innocence*, dont Heime lui avait fait cadeau à la fin du concert qu'ils avaient donné ensemble.

Un *Wunderkind* – un *Wunderkind*. Ainsi l'avait appelée Mr Bilderbach, la première fois où elle était venue le voir, à l'âge de douze ans. Des élèves plus âgés avaient repris ce terme.

Mais jamais il ne l'avait prononcé devant elle. « Bienchen (elle avait un prénom américain très courant, mais il ne s'en servait que si elle faisait d'énormes fautes), Bienchen, disait-il, ce doit être affreux, je le sais, d'avoir autant de choses dans la tête. Pauvre Bienchen... »

Mr Bilderbach était fils d'un violoniste hollandais et d'une mère née à Prague. Il était né là-bas, lui aussi, et avait passé sa jeunesse en Allemagne. Elle aurait donné n'importe quoi pour ne pas être née, pour ne pas avoir grandi uniquement à Cincinnati. « Comment dit-on "fromage" en allemand? Mr Bilderbach, quelle est la phrase flamande qui correspond à "Je ne vous comprends pas?" »

Le premier jour où elle était entrée dans la salle d'étude, elle avait joué de mémoire et jusqu'au bout la deuxième *Rhapsodie hongroise*. Le crépuscule assombrissait la pièce. Son visage, au moment où il s'était penché au-dessus du piano...

« On repart de zéro, maintenant, lui avait-il dit ce premier jour. Jouer de la musique, ce n'est pas seulement avoir de la technique. Que les doigts d'une petite fille de douze ans soient capables de frapper autant de notes à la seconde, ça ne signifie rien. »

De sa main épaisse, il s'était touché la poitrine et le front.

« Là et là. Tu es assez grande pour le comprendre. »

Il avait allumé une cigarette et rejeté lentement la fumée au-dessus de la tête de son élève.

« Et du travail – du travail – du travail. Maintenant, on commence par les *Inventions* de Bach et les pièces faciles de Schumann. »

Il avait bougé les mains de nouveau. Cette fois, pour pousser l'interrupteur de la lampe et éclairer la partition.

« Je vais te montrer comment je veux que ce soit joué. Écoute attentivement. »

Elle était restée près de trois heures devant son piano, et s'était sentie très fatiguée. La voix profonde de Mr Bilderbach, il lui semblait qu'elle en connaissait la sonorité depuis toujours. Elle avait envie d'avancer la main, de toucher ce doigt qui lui montrait les notes, de caresser l'alliance brillante et le dos poilu de cette main puissante.

Elle prenait ses leçons chaque mardi après la classe et chaque samedi après-midi. Elle restait souvent dîner après la leçon du samedi, et même coucher, et reprenait son tramway le lendemain matin. Mrs Bilderbach lui témoignait une affection calme et presque muette. Elle était très différente de son mari. Une grosse femme paisible aux mouvements lents. Elle passait des heures dans la cuisine à mijoter des plats très nourrissants dont ils raffolaient. Le reste du temps, elle était couchée dans son lit, au premier étage, et lisait les journaux ou regardait simplement devant elle avec un demi-sourire. Elle était chanteuse de *lieder* lorsqu'elle avait épousé Mr Bilderbach, en Allemagne. Depuis, elle ne chantait plus (elle disait que c'était à cause de sa gorge). Lorsqu'elle était dans sa cuisine et qu'il l'appelait pour qu'elle écoute un élève, elle affirmait toujours en souriant, que c'était *gut, sehr gut.*

Frances avait treize ans lorsqu'elle prit conscience du fait que les Bilderbach n'avaient pas d'enfant. Cela lui parut étrange. Elle se trouvait un jour dans la cuisine avec Mrs Bilderbach. Son mari était arrivé brusquement, presque en courant, tremblant de colère contre un élève qui l'avait énervé. Elle était debout, en train de tourner une soupe épaisse. Il avait levé la main, et, en tâtonnant, l'avait posée sur son épaule. Elle s'était retournée – parfaitement calme. Il l'avait prise dans ses bras, avait enfoui son visage mince dans le creux souple et blanc de son cou. Ils étaient restés longtemps immobiles. Puis il s'était redressé d'un mouvement rapide. Sa colère avait disparu. Son visage avait recouvré une expression apaisée. Il était retourné dans la salle d'étude.

Dès qu'elle eut commencé de travailler avec Mr Bilderbach, Frances cessa de voir qui que ce soit au collège. Heime était le seul ami de son âge. Il travaillait avec Mr Lafkowitz et l'accompagnait chez Mr Bilderbach certains soirs où elle était là. Ils écoutaient jouer leurs professeurs. Et souvent ils faisaient eux-mêmes de la musique de chambre. Sonates de Mozart ou de Bloch.

Un *Wunderkind*. Un *Wunderkind*. Heime était un *Wunderkind*. Donc, elle et lui.

Heime jouait du violon depuis qu'il avait quatre ans. Il n'allait pas à l'école. Chaque après-midi, le frère de Mr Lafkowitz, qui était infirme, lui apprenait la géométrie, l'histoire de l'Europe et les verbes français. À treize ans, il possédait une technique aussi savante que le meilleur violoniste de Cincinnati. Tout le monde le disait. Mais le violon, c'était certainement plus facile à apprendre que le piano. Elle en était sûre.

Autour de Heime flottait toujours une odeur de velours côtelé, de nourriture et de colophane. La moitié du temps, il avait les mains grises. Les poignets de chemise qui sortaient de son chandail étaient d'une propreté douteuse. Elle regardait toujours ses mains quand il jouait. Seules les articulations étaient fines, et il avait sous les ongles coupés court de petites boules de chair très dures. Un pli se dessinait, comme chez les jeunes enfants, sous le poignet de la main qui tenait l'archet.

Soit en rêve, soit éveillée, elle revoyait le concert comme dans un brouillard. Il avait fallu plusieurs mois pour qu'elle comprenne que ç'avait été un échec pour elle. Les journaux avaient pourtant fait beaucoup plus de compliments à Heime. Mais il était plus petit qu'elle. Sur l'estrade, l'un à côté de l'autre, il lui arrivait à peine à l'épaule. Comment les gens pouvaient-ils les juger à égalité ? Il y avait aussi la sonate qu'ils avaient jouée. La Bloch.

« Non, non, je ne crois pas que cela convienne, avait dit Mr Bilderbach lorsqu'on avait proposé de jouer la Bloch en fin de programme. Il vaudrait mieux ce morceau de John Powell – la *Sonate virginienne…* »

Sur le moment, elle n'avait pas compris. Elle avait insisté pour jouer la Bloch, autant que Heime et Mr Lafkowitz.

Mr Bilderbach avait cédé. Un peu plus tard, en lisant dans les journaux que son tempérament ne convenait pas à ce genre de musique, qu'elle avait un jeu trop superficiel, qu'elle manquait de sentiment, elle avait eu le sentiment d'avoir été trahie.

« Laisse tout ce bla-bla-bla, avait dit Mr Bilderbach en froissant les journaux. Ce n'est pas pour toi, Bienchen. Laisse ça aux Heime et compagnie... »

Un *Wunderkind*. Peu importe ce qu'avaient écrit les journaux. Il l'avait appelée ainsi.

Pourquoi Heime avait-il été tellement meilleur qu'elle au concert ? La question se dressait brusquement devant elle, à l'école, pendant qu'elle essayait de suivre les explications d'une élève qui résolvait au tableau un problème de géométrie, et la torturait comme un poignard. Lorsqu'elle était couchée, également, et même lorsqu'elle avait l'air de travailler attentivement son piano. La Bloch ne suffisait pas à tout expliquer, ni le fait qu'elle n'était pas juive – pas complètement. Pas même le fait que Heime n'allait jamais à l'école et qu'il travaillait depuis plus longtemps qu'elle. Quoi d'autre, alors ?

Un jour, elle avait cru comprendre.

«Joue la *Fantaisie et fugue*», lui avait demandé Mr Bilderbach.

C'était un soir de l'année précédente. Il venait de déchiffrer une partition avec Mr Lafkowitz.

En jouant son Bach, elle avait l'impression que c'était bien. Elle apercevait, du coin de l'œil, le visage satisfait et tranquille de Mr Bilderbach. Elle voyait ses mains quitter les accoudoirs de son fauteuil, s'élever par degrés, puis retomber, détendues, apaisées, lorsqu'elle avait réussi à conduire sa phrase jusqu'à son point culminant. À la fin, elle s'était levée de son tabouret, et elle avait été obligée d'avaler sa salive pour dénouer les liens que la musique avait enroulés autour de sa gorge et de sa poitrine. Mais…

« Frances, avait brusquement demandé Mr Lafkowitz en la regardant, les yeux presque voilés par ses paupières délicates et les lèvres pincées, Frances, sais-tu combien Bach avait d'enfants ? »

Elle l'avait observé, perplexe.

«Une bonne quantité. Quelque chose comme vingt.

– Donc… »

Un sourire s'était lentement dessiné sur le visage blême.

«Donc, il ne pouvait manquer de chaleur à ce point ! »

Mr Bilderbach n'avait pas été content du tout. Dans le flot de paroles allemandes qu'il avait prononcées, le mot *Kind* était revenu plusieurs fois. Mr Lafkowitz s'était contenté de hausser les sourcils. Elle avait compris assez clairement ce qu'il avait voulu dire, mais elle n'avait pas eu le sentiment de jouer les hypocrites en gardant cette expression lisse et immature que lui voulait Mr Bilderbach.

Mais tout cela n'avait rien à voir. Ou presque rien, car elle grandirait. Mr Bilderbach le savait, et Mr Lafkowitz lui-même n'avait certainement pas voulu dire ce qu'il avait dit.

Dans ses rêves, le visage de Mr Bilderbach grandissait, et disparaissait au centre de la ronde. Ses lèvres remuaient faiblement. Ses veines battaient contre ses tempes.

Mais parfois, juste au moment de s'endormir, il y avait des souvenirs qui revenaient, si précis : le geste qu'elle faisait pour dissimuler dans sa chaussure le trou qu'elle avait au talon d'un de ses bas. «Bienchen! Bienchen!» Elle apportait sa boîte à ouvrage à Mrs Bilderbach qui lui montrait comment faire la reprise, en évitant une bosse désagréable.

Et le jour où elle avait obtenu son diplôme au collège.

«Quelle robe portais-tu?» avait demandé Mrs Bilderbach le dimanche suivant, au petit déjeuner, quand elle leur avait raconté que tous les élèves étaient entrés en procession dans l'auditorium.

« Une robe du soir que ma cousine avait l'an dernier.

– Ah ! Bienchen… » , avait-il dit en serrant sa tasse de café dans ses mains épaisses et en la regardant, le visage couvert de petites rides parce que ses yeux souriaient. « Je parie que je devine ce que désire ma Bienchen… »

Il insistait. Il refusait de la croire lorsqu'elle prétendait qu'en toute franchise elle s'en moquait.

« Comme ceci, Anna », avait-il dit en posant sa serviette sur la table.

Il s'était mis à marcher dans la pièce, en remuant les hanches, d'une façon ridicule, et en roulant de gros yeux derrière ses lunettes d'écaille.

Le samedi suivant, la leçon terminée, il l'avait emmenée en ville dans les magasins du centre. De ses doigts épais, il caressait les tulles impalpables, les taffetas scintillants que déroulaient les vendeuses. Il les lui posait contre la joue pour juger du coloris, penchait la tête sur le côté pour mieux choisir, se décidait finalement pour le rose. Les chaussures, là encore il savait. Il préférait à tout les escarpins blancs que portaient les enfants. À son avis à elle, c'étaient des chaussures de vieille dame, et la croix rouge qui figurait sur la semelle intérieure évoquait une œuvre de charité. Mais cela n'avait aucune importance. Lorsque Mrs Bilderbach avait commencé à tailler la robe et à l'épingler sur elle, il avait interrompu sa leçon pour assister à l'essayage. Debout à côté de sa femme, il avait suggéré des plissés sur les hanches, un col et un nœud de ruban sur l'épaule. À cette époque-là, la musique progressait facilement. Robes et remises de diplômes n'y changeaient rien.

Une seule chose comptait : jouer la musique comme elle devait être jouée, faire entendre ce qui était en elle, travailler, travailler, jouer de telle façon que le visage de Mr Bilderbach perde peu à peu toute anxiété. Mettre dans la musique ce qu'y mettait Myra Hess, et Yehudi Menuhin – et Heime lui-même !

Mais, depuis quatre mois, que lui arrivait-il ? Elle ne faisait sortir d'elle-même que des notes lisses, mortes. L'adolescence, avait-elle pensé. Il y a des enfants très doués – ils travaillent, ils travaillent, jusqu'au jour où ils pleurent au moindre prétexte, comme elle, parce qu'ils sont épuisés d'avoir tenté de rendre cette expression – oui, cette expression dont ils rêvaient – avec une telle violence – et quelque chose se déclenche.

Mais pas avec elle. Non. Elle était comme Heime. Il fallait qu'elle le soit. Elle…

Une fois. Cette chose, elle était sûre de l'avoir eue. Et comment la laisser se perdre… ? Un *Wunderkind*… Un *Wunderkind*… Ce qu'il avait dit d'elle, en faisant rouler les mots à la façon rocailleuse et forte des Allemands. Jusque dans ses rêves les plus profonds, les plus vrais. Elle voyait ce visage qui venait vers elle, qui la regardait, et les phrases musicales se confondaient avec le bourdonnement incessant du manège, qui tournait, qui tournait… Un *Wunderkind*, un *Wunderkind*…

Cet après-midi-là, Mr Bilderbach n'accompagna pas Mr Lafkowitz jusqu'à la porte, comme il avait l'habitude de le faire. Il resta devant son piano, jouant très doucement la même note solitaire. Frances écoutait, tout en regardant le professeur de violon nouer son écharpe autour de son cou fragile.

« C'est une bonne photographie de Heime, dit-elle en prenant ses partitions. J'ai reçu une lettre de lui il y a quelques mois. Il me disait qu'il avait entendu Schnabel et Huberman. Il me parlait de Carnegie Hall aussi, et de ce qu'il avait mangé au salon de thé russe. »

Pour reculer le moment d'entrer dans la salle d'étude, elle attendit que Mr Lafkowitz soit prêt à partir, et le suivit jusqu'à la porte d'entrée. Quand il l'ouvrit, un vent froid et vif pénétra dans la maison. Il était déjà tard. La lumière pâle du crépuscule d'hiver baignait doucement l'atmosphère. Puis la porte se ferma, et jamais la maison ne lui parut plus sombre et plus silencieuse.

Mr Bilderbach s'éloigna du piano au moment où elle entra dans la salle d'étude. Il la laissa sans un mot s'asseoir devant le clavier.

« Parfait, Bienchen, dit-il, cet après-midi nous recommençons au début. Oublie ces derniers mois. »

Il avait l'air de jouer un rôle dans un film. Son corps robuste se balançait d'un pied sur l'autre, il se frottait les mains, et son sourire lui-même avait quelque chose de forcé, comme au cinéma. Il renonça brusquement à cette attitude, se pencha et commença à fouiller nerveusement dans les partitions qu'elle avait apportées.

« Bach… Non, pas encore, murmura-t-il. Beethoven ? Oui. La *Sonate avec variations*, opus 26. »

Les touches du piano étaient devant elle, blanches, dures, comme la mort.

« Un instant », dit-il.

Il avait appuyé ses coudes sur le couvercle du piano, et la regardait.

« Aujourd'hui, j'attends quelque chose de toi. Cette sonate – c'est la première sonate de Beethoven que tu aies travaillée. Tu n'as aucun problème technique avec les notes. Tu peux donc ne penser qu'à la musique. À rien d'autre qu'à la musique. Voilà ce que je te demande aujourd'hui. »

Il tourna rapidement les pages de son recueil de sonates pour trouver celle qu'elle allait jouer. Puis il posa sa chaise au centre de la pièce, la retourna et s'y assit à califourchon.

D'habitude, et sans qu'elle sache pourquoi, elle jouait beaucoup mieux lorsqu'il prenait cette position. Mais, ce soir-là, elle sentit qu'elle allait le regarder du coin de l'œil et qu'elle serait mal à l'aise. Il avait le dos raide, les jambes trop tendues. Le recueil paraissait en équilibre instable sur le dossier de la chaise.

« Commence », dit-il avec un regard impatient dans sa direction.

Elle arrondit les mains au-dessus du clavier et les laissa retomber. Les premières notes étaient trop fortes, les suivantes trop sèches.

Il leva le doigt pour l'interrompre.

« Attends. Pense une seconde à ce que tu joues. Qu'y a-t-il d'indiqué pour ce début ?

– *An…andante.*

– Il n'y a donc aucune raison pour en faire un adagio. Enfonce bien les touches. Ne joue pas à la surface. Un andante qui sonne avec profondeur. »

Elle recommença. Mais ses mains refusaient d'obéir à la musique qu'elle sentait en elle. Il l'interrompit de nouveau :

« Écoute-moi. De toutes ces variations, quelle est celle qui domine l'ensemble ?

– La marche funèbre.

– Alors, il faut la préparer. Cet andante, ce n'est pas un jeu mondain comme tu viens de le faire. Commence tout doucement, *piano*, et juste avant l'arpège, enfle le son. Qu'il soit passionné, dramatique. Et là – là où c'est indiqué *dolce* – fais ressortir le contre-chant. Ce sont des choses que tu sais déjà. Nous les avons déjà travaillées. Joue, maintenant. Sens ce que Beethoven a écrit. Sens ce déchirement et cette retenue. »

Elle ne pouvait s'empêcher de regarder les mains de Mr Bilderbach. À peine posées sur la partition, prêtes à s'envoler pour lui faire signe d'arrêter, dès qu'elle aurait joué les premières notes. Et le scintillement de l'alliance qui semblait crier « Halte ! »

« Mr Bilderbach… Peut-être que si… si vous me laissiez aller jusqu'au bout de la première variation, j'arriverais à jouer mieux.

– Je ne t'interromprai plus. »

Elle avait le visage trop près des touches. Elle joua la première partie, et, sur un signe de tête de Mr Bilderbach, commença la seconde. Elle ne faisait aucune faute, mais les phrases se formaient sous ses doigts avant qu'elle ait pu leur donner la signification qu'elle ressentait.

À la fin, il leva les yeux de la partition et dit, avec une franchise désolée :

«Je n'ai pratiquement pas entendu le contenu harmonique de la main droite. Et, comme par hasard, c'est ce qui doit prendre de l'intensité, car c'est la préfiguration de toute cette première partie. Joue quand même la suite.»

Elle voulait attaquer avec une brutalité contenue, et atteindre peu à peu un sentiment de profond chagrin. C'est du moins ce que lui dictait son esprit. Mais ses mains frappaient les touches avec des mollesses de macaroni, et elle ne parvenait pas à donner de cette musique sa véritable image.

Mr Bilderbach laissa s'éteindre la dernière note, puis ferma le recueil et se leva calmement de sa chaise. Il bougeait la mâchoire de droite à gauche. À travers ses lèvres entrouvertes, elle entrevoyait le canal d'un rouge florissant qui conduisait à la gorge, et les dents robustes jaunies par le tabac. Il posa soigneusement le recueil au-dessus de la pile, appuya ses coudes sur le dos noir et brillant du piano, et dit simplement, en la regardant dans les yeux :

« Non. »

Elle sentit ses lèvres trembler.

« Ce n'est pas ma faute… Je… »

Il fit un grand effort pour s'obliger à sourire.

« Écoute-moi, Bienchen. »

Sa voix sonnait un peu faux.

« Tu sais encore jouer *Le Joyeux Forgeron* ? Je t'avais recommandé de le garder à ton répertoire.

– Je le joue de temps en temps, oui. »

Exactement la voix qu'il prenait lorsqu'il parlait à des enfants.

« Un des premiers morceaux que nous ayons travaillés, tu t'en souviens ? Tu le jouais avec une force surprenante. Tout à fait la fille d'un forgeron. Je te connais bien, ma Bienchen. Comme si tu étais ma propre fille. Je sais ce dont tu es capable. Je t'ai entendue jouer merveilleusement toutes sortes de choses. Tu es capable de… »

Il s'interrompit, mal à l'aise, tira une bouffée de son énorme mégot. La fumée qui sortait lentement de ses lèvres s'accrochait aux cheveux de Frances comme une couronne de brume et noyait son visage d'enfant.

« Simple et joyeux », dit-il.

Il alluma une lampe derrière elle, et s'éloigna du piano. Il resta debout un instant dans le cercle de lumière, puis, d'un mouvement inattendu, s'accroupit sur le sol.

« Vigoureux », dit-il.

Elle ne pouvait s'empêcher de le regarder, assis sur l'un de ses talons, l'autre pied posé devant lui en équerre pour garder l'équilibre. Sous l'étoffe de son pantalon, elle voyait distinctement les muscles de ses jambes.

« Simple, répéta-t-il avec un grand geste des mains. Pense au forgeron – qui travaille au soleil toute la journée. Qui travaille facilement, sans être dérangé par personne. »

Elle ne parvenait pas à regarder le clavier. Il y avait cette lumière sur le dos des mains robustes, qui jouait entre les touffes de poils soyeux et se reflétait dans ses lunettes.

« Joue. »

Il était impatient, maintenant.

« Qu'est-ce que tu attends ? »

Elle sentit qu'il n'y avait plus de moelle dans ses os, plus de sang dans ses veines. Son cœur, qu'elle avait entendu battre toute la journée au fond de sa poitrine, s'était arrêté brusquement. Elle le voyait. Une sorte de poche grise et molle, arrondie aux angles, comme une huître.

Et le visage de Mr Bilderbach se mit à flotter dans la pièce, à danser, à s'approcher de plus en plus près, et elle apercevait contre ses tempes le battement nerveux de ses veines. Elle recula, regarda le piano. Ses lèvres tremblaient comme de la gelée, ses larmes silencieuses transformaient les touches blanches en une sorte de ruisselet.

«Je ne peux pas, murmura-t-elle. Je ne sais pas pourquoi, mais je ne peux pas, je ne peux plus…»

Il se détendit et, s'aidant d'une main, se releva. Elle saisit la partition et passa rapidement devant lui.

Son manteau. Ses mitaines, ses caoutchoucs. Ses livres de classe, le carton à musique qu'il lui avait donné pour son anniversaire. Tout ce qui était à elle dans cette pièce silencieuse. Vite. Avant qu'il dise quoi que ce soit.

Elle traversa le vestibule et ne put se retenir de regarder les mains de Mr Bilderbach. Il était adossé à la porte de la salle d'étude, les mains légèrement écartées du corps, ouvertes, inutiles. Elle claqua la porte avec un peu trop de force. Embarrassée par ses livres et par son carton à musique, elle trébucha sur les marches du perron, se trompa de direction, et se perdit dans le désordre de la rue où se mêlaient confusément les cris, les bicyclettes et les jeux des autres enfants.

# Le jockey

Le jockey s'arrêta sur le seuil de la salle à manger, hésita un moment, fit un pas de côté et s'adossa au mur, immobile. Il y avait foule dans la salle à manger. La saison était commencée depuis trois jours et tous les hôtels de la ville étaient pleins. Des bouquets de roses s'effeuillaient sur les nappes blanches, et, du bar voisin, montait un remous de voix trop fortes, lourdes de boisson. Dos au mur, paupières plissées, le jockey examinait les tables, une à une. Son regard s'arrêta sur celle qui se trouvait en diagonale par rapport à lui, dans un angle de la pièce. Trois hommes y étaient assis. Il redressa le menton, pencha la tête sur le côté, cambra son petit corps malingre et raidit les mains si violemment que ses doigts s'enfoncèrent dans ses paumes, comme des serres grises. Tendu contre le mur, il regardait, et il attendait.

Ce soir-là, il portait un costume de soie verte, sur mesure, qui aurait pu être taillé pour un enfant. Chemise jaune, cravate à rayures claires, pas de chapeau, des cheveux plats, encore humides, en frange sur le front. Un visage aux traits fixes et sans âge. Deux creux sombres aux tempes et des lèvres tendues par le fil d'un sourire. Il sentit, au bout d'un moment, qu'un des trois hommes l'avait aperçu. Il ne fit aucun signe de tête. Il se contenta de lever le menton un peu plus haut, et de glisser le pouce de sa main raidie dans la poche de sa veste.

Des trois hommes assis à la table d'angle, l'un était entraîneur, l'autre bookmaker, et le troisième avait beaucoup d'argent. L'entraîneur s'appelait Sylvester – de larges épaules, un nez écarlate, de tendres yeux bleus. Le bookmaker s'appelait Simmons. L'homme qui avait de l'argent était propriétaire d'un cheval nommé Seltzer que le jockey avait monté ce jour-là. Ils buvaient des whiskies-soda. Un garçon en veste blanche venait de leur apporter leur dîner.

C'est Sylvester qui aperçut le jockey le premier. Il détourna les yeux aussitôt, posa son verre de whisky et frotta nerveusement son pouce contre son nez flamboyant.

«Bitsy Barlow est là, annonça-t-il. À l'autre bout de la salle à manger. Il nous regarde.

– Oh ! le jockey... », dit l'homme qui avait de l'argent.

Comme il était assis face au fond du café, il tourna la tête pour regarder derrière lui.

« Dites-lui de venir.

– Surtout pas ! dit Sylvester.

– Il est cinglé », dit Simmons.

Le bookmaker avait une voix neutre, sans inflexion, un visage de joueur-né dont il surveillait constamment l'expression et qui oscillait sans cesse entre la peur et l'avidité.

« Cinglé ? Je n'irais pas jusque-là, reprit Sylvester. Je le connais depuis longtemps. Jusqu'à ces six derniers mois, il était parfait. Mais, s'il continue comme ça, je le vois mal parti pour une autre année. Très mal parti.

– C'est à cause de ce qui est arrivé à Miami, dit Simmons.

– Quoi donc ? » demanda l'homme qui avait de l'argent.

Sylvester jeta un coup d'œil vers le jockey, et passa sur ses lèvres une langue épaisse.

« Un accident. Un gosse qui a été blessé sur la piste. La jambe et la hanche cassées. Il était au mieux avec Bitsy. Un petit Irlandais. Pas mauvais cavalier, d'ailleurs.

– C'est triste, dit l'homme qui avait de l'argent.

– Ils étaient très amis, tous les deux, dit Sylvester. Le gosse était toujours fourré dans la chambre de Bitsy. Ils jouaient au rummy. Ils s'allongeaient sur le tapis pour lire les journaux sportifs.

– Ce sont des choses qui arrivent», dit l'homme qui avait de l'argent.

Simmons coupa son steak, y planta sa fourchette de biais et construisit avec son couteau une petite montagne de champignons.

«C'est un cinglé, répéta-t-il. Il me fait froid dans le dos.»

Il n'y avait plus une place libre dans la salle à manger. On avait dressé au centre une grande table ronde où se déroulait un banquet. Les phalènes blanc-vert du mois d'août avaient émergé de la nuit pour venir danser autour des hautes flammes des candélabres. Deux jeunes filles en pantalon et blazer de flanelle se dirigeaient vers le bar en se donnant le bras. Et la folie joyeuse des vacances traversait par vagues la grand-rue.

«Il paraît qu'en août Saratoga est la ville du monde où il y a le plus de gens riches», dit Sylvester.

Il se tourna vers l'homme qui avait de l'argent.

«C'est votre avis?

– Possible. Je n'en sais rien.»

D'un index délicat, Simmons s'essuya le coin de la bouche.

« Et Hollywood, alors ? Et Wall Street…
– Attention, dit Sylvester. Il a décidé de nous rejoindre. »

Le jockey s'était détaché du mur et venait vers eux. Il se pavanait curieusement en marchant, la jambe cambrée, le talon frappant nerveusement la moquette rouge. Ayant heurté, en passant, le coude d'une grosse dame en robe de satin blanc qui participait au banquet, il recula d'un pas et lui fit une profonde révérence, les yeux mi-clos. Arrivé à la table d'angle, il attrapa une chaise et s'assit entre Sylvester et l'homme qui avait de l'argent, sans une inclinaison de tête, sans même qu'un trait ne bouge dans son visage gris.

« Tu as dîné ? demanda Sylvester.
– Pour certains, ça s'appelle dîner. »

Il avait une voix aiguë, nette, cinglante. Sylvester reposa lentement son couteau et sa fourchette dans son assiette. L'homme qui avait de l'argent remua sur sa chaise, s'assit de biais et croisa les jambes. Il portait un pantalon à chevrons, des bottes sales, une vieille veste marron – tenue qu'il gardait pendant toute la saison des courses, bien qu'on ne l'ait jamais vu sur un cheval.

« Un peu d'eau de Seltz ? proposa Sylvester. Ou quelque chose comme ça ? »

Sans répondre, le jockey prit dans sa poche un porte-cigarettes en or, l'ouvrit nerveusement. Il contenait quelques cigarettes et un petit canif en or. Il se servit du canif pour couper une cigarette en deux. Après l'avoir allumée, il fit signe à un garçon.

«Bourbon du Kentucky, je vous prie.

– Maintenant, gars, écoute-moi, dit Sylvester.

– Ne m'appelle pas "gars".

– Il faut que tu sois raisonnable. Tu le sais. Il faut absolument être raisonnable.»

Le jockey fit une grimace de mépris, regarda les plats sur la table et détourna les yeux aussitôt. Un poisson à la crème semé de persil devant l'homme qui avait de l'argent. Des œufs Benedict devant Sylvester; des asperges, du maïs au beurre frais, une soucoupe d'olives noires, et, juste devant lui, un plat de pommes de terre frites. Pour ne plus voir toute cette nourriture, il regarda fixement le bouquet de roses mauves au centre de la table.

«Vous avez sûrement oublié quelqu'un qui s'appelle McGuire.

– Écoute-moi...», dit Sylvester.

Le garçon apporta le bourbon. Le jockey saisit le verre de ses petites mains dures et calleuses. Il portait au poignet une gourmette en or qui tinta contre le bord de la table.

Après l'avoir fait tourner entre ses paumes, il avala le bourbon d'un trait, et reposa vivement le verre.

« Oui, je ne crois pas que vous ayez une mémoire si longue et si précise.

– Sans doute, dit Sylvester. Qu'est-ce qui te prend, ce soir ? Tu as des nouvelles du gosse ?

– J'ai reçu une lettre de ce quelqu'un dont nous parlons. On lui a enlevé son plâtre mercredi. Il a une jambe plus courte que l'autre de cinq centimètres. C'est tout. »

Sylvester hocha la tête avec un petit clappement de langue.

« Je comprends ce que tu éprouves.

– Vraiment ? »

Bitsy regarda de nouveau les plats sur la table, le poisson, le maïs, les pommes de terre frites. Son visage se ferma. Il détourna les yeux. Une rose perdait ses pétales. Il en prit un, le froissa doucement entre le pouce et l'index, et le mit dans sa bouche.

« Ce sont des choses qui arrivent », dit l'homme qui avait de l'argent.

L'entraîneur et le bookmaker avaient fini de dîner, mais il restait de la nourriture dans les plats. L'homme qui avait de l'argent plongea les doigts dans son verre d'eau et les essuya avec sa serviette.

«Quelqu'un veut-il que je lui repasse les plats? demanda le jockey. Ou que j'appelle le garçon pour une autre commande? Encore un steak, messieurs, ou…

– Sois raisonnable, dit Sylvester. Pourquoi ne montes-tu pas?

– Oui, pourquoi pas?» dit le jockey.

Il avait une voix suraiguë, au bord de la crise de nerfs.

«Je devrais monter dans ma foutue chambre, et tourner en rond, ou écrire des lettres, et me mettre au lit comme un bon petit garçon. Je devrais…»

Il recula brusquement sa chaise, se leva.

«Oh! La paix! Foutez-moi la paix! Je veux un autre verre.

– Prends garde, dit Sylvester. Tu es en train de creuser ta tombe. Tu sais comment tu réagis. Tu le sais parfaitement.»

Le jockey traversa la salle à manger et entra dans le bar. Il commanda un Manhattan. Sylvester le regardait. Il était debout, talons joints, raide comme un soldat de plomb, le petit doigt levé, et il buvait lentement son cocktail.

«J'avais raison, dit Simmons. C'est un dingue.»

Sylvester se tourna vers l'homme qui avait beaucoup d'argent.

« Quand il mange une côtelette de mouton, une heure après on la voit encore dans son estomac. Il ne digère plus rien. D'habitude, il pèse cinquante-six kilos. Depuis que nous avons quitté Miami, il en a pris un et demi.

– Un jockey ne devrait pas boire, dit l'homme qui avait de l'argent.

– Il ne supporte plus la nourriture. Il ne la digère plus. Quand il mange une côtelette de mouton, elle lui reste sur l'estomac. Elle ne descend plus. »

Le jockey avait fini son Manhattan. Il écrasa la cerise dans le fond du verre avec son pouce, et repoussa le verre. À sa gauche, les filles en blazer se regardaient en silence. À l'autre bout du bar, deux malins discutaient sur le point de savoir quelle était la plus haute montagne du monde. Personne n'était seul. Personne d'autre que lui, cette nuit-là, ne buvait seul. Il paya avec un billet de cinquante dollars tout neuf, ne vérifia pas la monnaie, rentra dans la salle à manger et revint jusqu'à la table des trois hommes. Il resta debout.

« Oui, je suis sûr que vous avez la mémoire très courte. »

Il était si petit que le bord de la table lui arrivait à la taille. Il n'avait pas besoin de se baisser pour y appuyer les mains.

« Oui, vous avez trop à faire à vous empiffrer dans les salles à manger. Vous êtes trop…

– Pour la dernière fois, sois raisonnable…, supplia Sylvester.

– Raisonnable, raisonnable ! »

Son visage se mit à trembler, puis s'immobilisa en un rictus de dégoût. Il commença à secouer la table. Les assiettes tintaient. On pouvait croire qu'il allait la renverser. Mais il s'arrêta brusquement. Il tendit la main vers le plat qui était à côté de lui, enfonça tranquillement quelques frites dans sa bouche, les mâcha avec application, en relevant la lèvre supérieure, puis se tourna et cracha la bouchée sur la belle moquette rouge.

« Pourris ! » dit-il d'une voix fragile, cassée.

Il sembla faire tourner le mot dans sa bouche comme s'il en aimait le goût et la consistance.

« Bande de pourris ! » répéta-t-il.

Puis il tourna le dos et quitta la salle à manger, d'une démarche de plus en plus affectée.

Sylvester haussa lentement une épaule. L'homme qui avait de l'argent épongea l'eau qui s'était renversée sur la nappe, et ils attendirent, en silence, que le garçon vienne desservir.

# Madame Zilensky et le roi de Finlande

Le mérite d'avoir attiré Mme Zilensky au Ryder Collège revenait à Mr Brook, directeur de la section musique. Et c'était une grande chance pour ce collège. Car elle jouissait d'une réputation considérable, qui concernait autant le professeur que le compositeur. Mr Brook avait tenu à s'occuper lui-même de lui dénicher une maison avec jardin, aussi confortable que possible, assez voisine du collège et contiguë à celle qu'il habitait.

Personne à Westbridge n'avait rencontré Mme Zilensky avant son arrivée. Mr Brook avait vu quelques photographies d'elle dans diverses revues musicales. Il lui avait écrit une fois, au sujet d'un manuscrit de Buxtehude dont il suspectait l'authenticité. Lorsqu'elle accepta de venir enseigner au collège, ils échangèrent un certain nombre de lettres et de télégrammes, pour mettre au point les détails pratiques. Elle avait une grande écriture carrée, très lisible. Ses lettres étaient tout à fait normales, à ceci près qu'elles faisaient allusion parfois à des choses ou à des personnes inconnues de Mr Brook, comme « le chat jaune de Lisbonne » ou « ce pauvre Henrich ». Ces légères défaillances de mémoire s'expliquaient, selon lui, par les difficultés qu'elle avait dû surmonter pour quitter l'Europe avec sa famille.

Mr Brook était un être en demi-teinte. Des années de menuets de Mozart et de cours sur les septièmes diminuées et les accords mineurs lui avaient forgé une patience professionnelle à toute épreuve. Il vivait le plus souvent à l'écart. Il avait en horreur le tralala universitaire avec ses assemblées. Lorsque la section musique avait décidé, quelques années plus tôt, de passer les vacances d'été à Salzbourg, il s'était défilé au dernier moment pour faire, en solitaire, un voyage au Pérou. Sujet à quelques originalités personnelles, il était d'une grande tolérance pour celles d'autrui. Ou plutôt, il avait le sens du ridicule. Devant une situation grave mais incongrue, il était saisi d'un petit amusement intérieur, qui raidissait son doux visage aux traits allongés et accentuait l'éclat de ses yeux gris.

Une semaine avant le début du semestre d'automne, Mr Brook se rendit à la gare de Westbridge pour accueillir Mme Zilensky. Il la reconnut aussitôt. Très grande, très droite, le visage pâle et décharné, des yeux sombres, une broussaille de cheveux bruns et courts rejetés en arrière, de longues mains fragiles et mal soignées. Il émanait de sa personne quelque chose de si noble et de si fier que Mr Brook hésita un moment à aller au-devant d'elle, et attendit, en jouant nerveusement avec ses boutons de manchette. La façon dont elle était habillée – longue jupe noire, vieille veste de cuir déchirée – n'enlevait rien à son allure élégante. Trois enfants l'accompagnaient, trois garçons entre six et dix ans, beaux et blonds tous les trois avec un regard totalement inexpressif. Il y avait quelqu'un d'autre avec eux, une vieille femme, qui se révéla par la suite être la domestique finlandaise.

Tel était le groupe que M. Brook trouva à la gare. Ils n'avaient pour tout bagage que deux énormes cartons de partitions, le reste ayant été égaré à la gare de Springfield lorsqu'ils avaient changé de train. Chose qui peut arriver à n'importe qui. Ayant réussi à faire entrer tout ce monde dans un taxi, Mr Brook pensait que le plus difficile était accompli, lorsque Mme Zilensky tenta de l'enjamber pour atteindre la portière.

« Seigneur Dieu ! dit-elle. J'ai laissé mon – comment dites-vous ? – mon tic-tic-tic…

– Votre montre ? demanda Mr Brook.

– Non, non ! dit-elle avec véhémence. Vous voyez bien, mon tic-tic-tic… »

Elle agitait son index de droite à gauche comme un pendule.

« Tic-tic-tic… », répéta Mr Brook.

Il porta les mains à son front, ferma les yeux quelques secondes.

« Vous voulez parler d'un métronome ?

– C'est ça ! J'ai dû le perdre quand nous avons changé de train. »

Mr Brook réussit à l'apaiser. Il alla même jusqu'à lui promettre, avec une galanterie irraisonnée, qu'il lui en procurerait un autre dès le lendemain. Mais il ne put s'empêcher de trouver étrange qu'ayant perdu tous ses bagages elle se sente paniquée pour son seul métronome.

La famille Zilensky prit donc possession de la maison voisine, et, en apparence, tout était parfait. Les trois garçons étaient très sages. Ils avaient pour prénoms : Sigmund, Boris et Sammy. Ils ne se séparaient jamais et se déplaçaient en file indienne, Sigmund généralement en tête. Ils parlaient entre eux une sorte d'espéranto effrayant à entendre, fait de russe, de français, de finnois, d'allemand et d'anglais. En présence de tiers, ils gardaient un silence absolu. Rien de ce que faisaient ou disaient les Zilensky ne pouvait inquiéter Mr Brook. À certains petits détails près. Ainsi, lorsqu'il voyait les enfants Zilensky entrer dans une pièce, quelque chose dans leur attitude tracassait son subconscient. Il finit par s'apercevoir qu'ils ne marchaient que sur le plancher nu. S'il y avait un tapis, ils le contournaient en file indienne. Et, si la pièce était couverte de moquette, ils restaient sur le seuil de la porte. Autre chose. Les semaines passaient, et Mme Zilensky ne faisait aucun effort pour meubler sa maison. Il n'y avait qu'une table et des lits. La porte d'entrée restait ouverte jour et nuit. L'endroit prit très vite un aspect bizarre et désolé – comme s'il était abandonné depuis des années.

Le collège avait toutes les raisons d'être satisfait de Mme Zilensky. Elle donnait ses cours avec une ardeur passionnée. Elle piquait de violentes colères lorsqu'une quelconque Mary Owens ou Bernardine Smith ne parvenait pas à triller correctement Scarlatti. Elle avait fait installer quatre pianos dans sa classe et demandait à quatre étudiants abasourdis de s'y asseoir en même temps pour travailler les fugues de Bach. Il venait de sa section un tumulte extraordinaire. Mais elle avait des nerfs à toute épreuve et, s'il suffisait de beaucoup d'énergie et de volonté pour venir à bout d'un thème musical, le Ryder College ne pouvait souhaiter mieux. La nuit, Mme Zilensky travaillait à sa douzième symphonie. Elle semblait ne jamais dormir. Quelle que soit l'heure à laquelle Mr Brook jetait un coup d'œil par la fenêtre de son salon, il apercevait de la lumière dans le bureau de Mme Zilensky. Non, en vérité, si Mr Brook en vint peu à peu à se poser des questions, ce ne fut pas pour des raisons d'ordre professionnel.

C'est à la fin d'octobre qu'il sentit, de façon évidente, que quelque chose n'allait pas. Il venait de déjeuner avec Mme Zilensky. Il avait écouté avec un réel plaisir le récit d'un safari auquel elle avait participé en Afrique, aux environs de 1928. Un peu plus tard, dans l'après-midi, elle frappa à son bureau, mais resta dans l'encadrement de la porte, l'air rêveur.

Mr Brook leva les yeux :

«Puis-je quelque chose pour vous?

– Non, merci», repondit-elle.

Elle avait une voix très belle, sombre et grave.

«Je me demandais seulement... Vous vous souvenez du métronome? À votre avis, je l'ai peut-être laissé chez ce Français?

– Qui?

– Ce Français, voyons, avec qui j'étais mariée.

– Un Français... », dit Mr Brook d'une voix neutre.

Il tenta d'imaginer le mari de Mme Zilensky, mais son esprit s'y refusa. Il murmura comme pour lui-même

«Le père des garçons.

– Pas du tout, dit Mme Zilensky avec force. Le père de Sammy.»

Mr Brook était doué d'une intuition extrêmement rapide. Ses instincts les plus profonds lui conseillaient d'en rester là. Son respect de l'ordre et son honnêteté le poussèrent pourtant à demander :

«Qui est le père des deux autres?

Elle porta l'une de ses mains à sa nuque et ébouriffa ses cheveux courts. Elle avait le visage pensif. Elle mit un peu de temps à répondre.

«Boris est d'un Polonais qui jouait du piccolo.»

Sa voix était d'une extrême douceur.

«Et Sigmund?»

Mr Brook baissa les yeux vers son bureau, impeccablement en ordre – une pile de copies corrigées, trois crayons bien taillés, un presse-papiers en défense d'éléphant – puis regarda de nouveau Mme Zilensky. Elle semblait absorbée dans ses réflexions. Fronçant les sourcils, bougeant les mâchoires, elle examinait attentivement les quatre coins de la pièce. Au bout d'un long moment, elle demanda :

« Nous parlions du père de Sigmund ?

– Non, non, dit Mr Brook, ce n'est pas nécessaire... »

Elle dit alors d'une voix digne et sans appel :

« Un compatriote. »

De toute façon, pour Mr Brook, c'était sans importance. Il n'avait aucun préjugé. Il acceptait parfaitement que les gens se marient dix-sept fois et mettent au monde des enfants chinois. Cependant, les déclarations de Mme Zilensky le laissaient perplexe. Il comprit brusquement pourquoi. Les garçons ne ressemblaient pas du tout à leur mère, mais se ressemblaient tous les trois de façon surprenante. Comme ils étaient de pères différents, cette ressemblance était déconcertante.

Mme Zilensky en avait terminé avec ce sujet. Elle remonta la fermeture Éclair de sa veste de cuir et fit demi-tour.

« J'en suis sûre, maintenant, dit-elle en hochant affirmativement la tête. Je l'ai laissé chez ce Français. »

À la section musique, tout allait pour le mieux. Mr Brook n'avait à résoudre aucun problème délicat, comme celui qu'avait posé l'an dernier le professeur de harpe en s'enfuyant avec un garagiste. Seule le tourmentait cette impression d'incertitude qu'il éprouvait devant Mme Zilensky, sans parvenir à comprendre ce qui n'allait pas dans leurs relations ni ce qui rendait si complexes les sentiments qu'il lui portait. Il y avait d'abord ceci : c'était une grande voyageuse et sa conversation était truffée de références à des endroits perdus au bout du monde. Ceci également : elle était capable de rester silencieuse des journées entières, arpentant les couloirs, les mains dans les poches, plongée dans une méditation sans fin, et, brusquement, de se jeter sur Mr Brook et de commencer un monologue interminable et passionné, les yeux brillants d'exaltation, la voix tremblant d'impatience. Elle parlait de tout et de rien. Mais, quel que soit le sujet de son récit, il finissait toujours par se teinter de couleurs étranges et, lorsqu'elle parlait simplement de conduire Sigmund chez le coiffeur, on se sentait aussi dépaysé que si elle racontait un après-midi à Bagdad. Mr Brook ne parvenait pas à comprendre pourquoi.

La vérité lui apparut de façon soudaine et, sans rendre tout parfaitement intelligible, elle clarifia du moins la situation. Il était rentré chez lui de bonne heure, et allait allumer du feu dans la petite cheminée de son salon. Il se sentait, ce soir-là, en paix avec lui-même, assis devant son feu, en chaussettes, ayant près de lui, sur un guéridon, un volume de William Blake et un petit verre d'eau-de-vie d'abricot. À dix heures, il se mit à somnoler doucement, l'esprit traversé par quelques phrases brumeuses de Malher et quelques pensées imprécises. Tout à coup, émergeant de ce tendre engourdissement, quatre mots s'imposèrent à lui : « le roi de Finlande ». Mots qui lui semblèrent familiers, mais qu'il ne put, tout d'abord, rattacher à aucun contexte. Il finit pourtant par en retrouver la piste. L'après-midi même, il traversait le campus. Mme Zilensky l'avait arrêté et s'était lancée dans un discours incohérent, qu'il n'avait écouté que d'une oreille distraite, préoccupé qu'il était par les exercices de canons renversés que venaient de lui remettre ses élèves de contrepoint. Les mots lui revenaient, maintenant, et jusqu'aux inflexions de voix, avec une surprenante exactitude. La première phrase de Mme Zilensky avait été : « Je regardais un jour la devanture d'une pâtisserie, lorsque le roi de Finlande est passé en traîneau. »

Mr Brook se redressa dans son fauteuil et reposa son verre d'eau-de-vie. Sur le plan pathologique, cette femme était une menteuse. Presque tout ce qu'elle disait, en dehors de ses cours, était mensonger. Si elle avait travaillé toute la nuit, elle était capable de prétendre qu'elle avait passé la soirée au cinéma. Si elle avait déjeuné à *La Vieille Taverne*, il lui prenait la fantaisie d'affirmer qu'elle était restée chez elle avec ses enfants. La véritable explication était là : sur le plan pathologique, cette femme était tout simplement une menteuse.

Mr Brook fit craquer ses articulations et se leva. Il était au comble de l'exaspération. Comment ! elle avait l'audace de venir s'asseoir, jour après jour, dans son bureau, en face de lui, et de le noyer sous un déluge de mensonges éhontés ! Il se sentait profondément ulcéré. Il se mit à marcher de long en large dans son salon, puis se rendit dans sa petite cuisine et se prépara un sandwich aux sardines.

Une heure plus tard, comme il était assis de nouveau devant le feu, son exaspération s'était muée en une vague méditation studieuse. Une seule chose à faire, se disait-il : envisager l'ensemble de la situation de façon impersonnelle, et examiner Mme Zilensky avec le détachement d'un médecin face à son malade. Ses mensonges étaient d'une candeur parfaite. En travestissant la vérité, elle ne cherchait pas à vous induire en erreur, et elle n'attendait de ses mensonges aucun avantage. C'est d'ailleurs ce qui paraissait le plus inquiétant. On ne trouvait à son comportement aucun motif explicable.

Mr Brook acheva de boire son eau-de-vie. Il était près de minuit, lorsqu'il sentit qu'il faisait un nouveau pas vers la vérité. Mme Zilensky mentait pour une raison très simple et très triste. Elle avait été obligée de travailler toute sa vie – son piano, ses cours et ses douze énormes et admirables symphonies. Elle s'était, jour et nuit, consacrée, acharnée, sacrifiée corps et âme à ce travail épuisant, et il n'y avait eu place pour rien d'autre. Comme c'était un être humain, cette privation la faisait souffrir. Elle cherchait sans cesse à y remédier. Si elle avait travaillé toute une soirée à la bibliothèque, et si elle prétendait, le lendemain, avoir joué aux cartes, elle se donnait l'impression d'avoir fait les deux choses en même temps. Ses mensonges lui permettaient de vivre par procuration. Les rares instants de sa vie qu'elle ne consacrait pas à son travail prenaient ainsi une double dimension, et le cadre étroit de son existence personnelle s'élargissait peu à peu.

Mr Brook regarda le feu, mais il avait dans l'esprit le visage de Mme Zilensky – un visage sévère, aux yeux sombres et fatigués, à la bouche délicatement dessinée. Il sentait naître en lui une sorte de chaleur, qui était à la fois de la pitié, un désir de protection et une redoutable compréhension. Il resta ainsi un long moment, en proie à un délicieux désarroi.

Un peu plus tard, en se brossant les dents et en mettant un pyjama, il se dit qu'il fallait être réaliste. En quoi y voyait-il plus clair ? Le Français, le Polonais au piccolo, Bagdad ? Et les enfants – Sigmund, Boris, Sammy –, qui étaient-ils ? Étaient-ils vraiment ses enfants après tout, ou les avait-elle ramassés ici et là ? Il essuya ses lunettes et les posa sur sa table de chevet. Il fallait, sans attendre, savoir la vérité. Sinon, la situation qui s'était créée dans la section musique finirait par poser des problèmes. Il était deux heures du matin. Il regarda par la fenêtre et vit de la lumière dans le bureau de Mme Zilensky. Il se coucha, fit d'horribles grimaces dans le noir, et réfléchit à ce qu'il allait dire le lendemain.

Mr Brook pénétra dans son bureau à huit heures et s'embusqua derrière sa table de travail, prêt à sauter sur Mme Zilensky dès qu'elle traverserait le couloir. Il n'eut pas longtemps à attendre. Il reconnut son pas et l'appela.

Elle s'encadra dans la porte. Elle semblait épuisée et lointaine.

« Comment allez-vous ? dit-elle. J'ai passé une nuit très reposante.

– Asseyez-vous, je vous en prie, dit Mr Brook. J'aimerais avoir une petite conversation avec vous. »

Elle posa son porte-documents sur la table, et s'enfonça avec lassitude dans le fauteuil qui lui faisait face.

« Oui ?

– Hier, commença-t-il d'une voix prudente, au moment où je traversais le campus, vous êtes venue me parler. Il s'agissait, si je ne me trompe, d'une pâtisserie et du roi de Finlande. Est-ce exact ? »

Mme Zilensky tourna la tête, fixa des yeux le rebord de la fenêtre, cherchant à se souvenir.

« Il s'agissait d'une pâtisserie », répéta-t-il.

Le visage fatigué s'éclaira.

« C'est exact, en effet. »

Elle se mit à parler avec animation.

« Mais, bien sûr. Je vous ai raconté que j'étais arrêtée un jour devant ce magasin et que le roi de Finlande...

– Madame Zilensky, cria Mr Brook, il n'y a pas de roi en Finlande ! »

Pendant un moment, elle parut complètement déconcertée. Puis elle reprit sa phrase :

« J'étais arrêtée un jour devant la pâtisserie de Bjarne, je regardais les gâteaux, et, au moment où j'ai levé les yeux, j'ai aperçu le roi de Finlande...

– Madame Zilensky, je viens de vous dire qu'il n'y avait pas de roi en Finlande. »

Elle reprit sa phrase une fois encore, avec un entêtement désespéré :

« J'étais arrêtée un jour, à Helsingfors... »

Il la laissa continuer jusqu'au roi et, de nouveau l'interrompit :

« La Finlande est une démocratie. Il est impossible que vous ayez vu le roi de Finlande. Ce que vous venez de dire est inexact. Une inexactitude totale. »

Jamais Mr Brook n'oublierait le visage de Mme Zilensky à cet instant-là. Il y avait dans son regard de la stupeur, de la consternation et une sorte d'effroi secret. Comme quelqu'un qui assiste à l'effondrement, à la désintégration de son univers intérieur.

« Je suis désolée », dit Mr Brook avec une sincère gentillesse.

Mme Zilensky se ressaisit, releva le menton et dit d'un ton glacial :

«Je suis finlandaise.

– Je ne remets pas ce point en question, dit Mr Brook, qui avait, à la réflexion, une certaine envie de le remettre en question.

– Je suis née en Finlande. Je suis citoyenne finlandaise.

– C'est tout à fait possible, dit Mr Brook en élevant la voix.

– J'ai conduit une motocyclette pendant la guerre. J'étais agent de transmission.»

Elle parlait avec passion.

«Je ne mets pas votre patriotisme en doute.

– Et juste parce que je vais distribuer les premiers sujets d'examen...

– Madame Zilensky!»

Il s'agrippait des deux mains au rebord de son bureau.

«Le problème n'est pas là. Le problème est dans votre obstination à prétendre que vous avez vu... que vous avez vu...»

Il fut incapable d'achever. Mme Zilensky était pâle comme la mort, avec de grandes ombres autour de la bouche, et le regard immense et méprisant des condamnés. Mr Brook eut la soudaine impression d'être un assassin. Une violente tempête de sentiments – remords, compréhension, amour irraisonné – l'obligea à couvrir de ses mains son visage. Il attendit que cette tempête intérieure s'apaise et disparaisse tout à fait. Puis il dit, d'une voix timide :

« Oui. Bien sûr. Le roi de Finlande. A-t-il été aimable ? »

Une heure plus tard, Mr Brook était assis devant la fenêtre de son bureau. Le long des rues de Westbridge, les arbres avaient perdu leurs feuilles. Les bâtiments gris du collège paraissaient tranquilles et abandonnés. Il regardait distraitement ce paysage familier, lorsqu'il remarqua le vieil airedale des Drake, qui boitillait vers le bas de la rue. C'était une image qu'il avait déjà aperçue cent fois. Pourquoi, ce soir-là, lui parut-elle insolite ? Il finit par comprendre, avec une sorte de surprise angoissée, que le vieux chien trottinait à reculons. Il le suivit des yeux, jusqu'à ce qu'il ait disparu, puis reprit la correction des canons que lui avaient remis ses élèves de contrepoint.

# Celui qui passe

La frange crépusculaire qui sépare sommeil et réveil était romaine, ce matin-là : fontaines jaillissantes, étroites rues bordées d'arcades, ville d'or aux bourgeons éclatés, vieilles pierres usées par le temps. Il lui arrivait parfois, dans cette demi-inconscience, de se retrouver à Paris, ou dans l'Allemagne en ruine d'après-guerre, ou dans un hôtel de sports d'hiver en Suisse. Parfois même, partant pour la chasse, au petit jour, à travers les champs en friche de Géorgie. Ce matin-là, dans l'univers des rêves où les années se confondent, c'était Rome.

John Ferris finit par s'éveiller dans la chambre d'un hôtel de New York. Il avait le sentiment que quelque chose de désagréable l'attendait – quoi ? Il n'en savait rien. Noyé dans la routine des obligations matinales, ce sentiment réapparut lorsqu'il descendit, après s'être habillé. C'était un matin d'automne, sans nuages. Les gratte-ciel couleur pastel découpaient sur le soleil timide de longues bandes verticales. Ferris entra dans le drugstore voisin et s'installa au bout de la salle, contre la vitre qui bordait le trottoir. Il commanda un petit déjeuner américain : œufs brouillés et saucisses.

Il était revenu de Paris, la semaine précédente, pour les obsèques de son père, célébrées en Géorgie dans sa ville natale. En apprenant cette mort, il avait su que sa jeunesse était finie. Il commençait à perdre ses cheveux. On voyait battre ses veines contre ses tempes dégarnies. Son corps mince s'arrondissait déjà d'une légère brioche. Ferris avait eu pour son père une véritable dévotion. Il lui avait été attaché par un lien extraordinairement étroit, qui s'était peu à peu relâché avec les années. Cette mort, attendue depuis si longtemps, l'avait pourtant bouleversé de façon imprévue. Il s'était arrangé pour rester avec sa mère et ses frères jusqu'au dernier moment. Son avion pour Paris s'envolait le lendemain matin.

Ferris sortit de sa poche son carnet d'adresses pour vérifier un numéro, et le feuilleta avec une attention de plus en plus grande. Noms, adresses de New York, de plusieurs villes d'Europe, quelques-unes, déjà effacées, de l'État du Sud où il était né, d'autres griffonnées un soir d'ivresse, illisibles. Betty Wills : un amour très bref, aujourd'hui mariée. Charlie Williams : blessé dans la forêt de Hürtgen, sans nouvelles depuis – cher vieux Williams, vivant ou mort? Don Walker : devenu gros ponte à la télévision, en train de faire fortune. Henry Green : s'était laissé glisser sur une mauvaise pente après la guerre; en sanatorium aujourd'hui, paraît-il. Cozie Hall : morte, avait-il entendu dire. Cozie l'étourdie, Cozie la rieuse, comment croire que cette idiote ait pu mourir, elle aussi? En refermant son carnet d'adresses, il eut un étrange sentiment de hasard, d'éphémère, presque d'effroi.

Et brusquement, il sursauta. De l'autre côté de la vitre, sur le trottoir, il venait d'apercevoir son ex-femme. Elle passa lentement près de lui. Il ne comprenait pas pourquoi son cœur battait si fort, ni pourquoi elle laissait derrière elle un tel sillage de grâce et d'insouciance.

Il paya rapidement et sortit. Elizabeth avait atteint l'angle de la rue et attendait pour traverser la 5e Avenue. Il avait envie de lui parler, et se hâta pour la rejoindre. Les feux changèrent, et elle traversa. Il traversa à son tour. Il aurait facilement pu la rattraper, mais, de façon inexplicable, il préféra rester en arrière. Ses beaux cheveux bruns ondulaient à peine. En la regardant marcher, il se souvint d'une remarque de son père disant qu'Elizabeth avait « un maintien superbe ». Elle tourna dans la rue suivante. Bien qu'ayant renoncé à la rejoindre, il tourna derrière elle. Il cherchait à analyser le trouble qu'il avait ressenti en l'apercevant : mains moites, cœur battant à se rompre.

Huit ans qu'ils ne s'étaient vus. Il savait qu'elle était remariée. Et qu'il y avait des enfants. Depuis plusieurs années, il ne pensait jamais à elle. Mais, tout de suite après le divorce, il avait été comme anéanti de l'avoir perdue. Puis le temps avait joué son rôle de tranquillisant, et il avait recommencé à aimer, à deux reprises. En ce moment, c'était Jeannine. Son amour pour son ex-femme était donc mort depuis longtemps, il en était certain. Alors, pourquoi ce tremblement de tout le corps, cette agitation de l'esprit ? Il savait seulement que son cœur ombrageux contrastait étrangement avec cette claire et simple matinée d'automne. Il tourna le dos, brusquement, et, à grands pas, courant presque, regagna son hôtel.

Il n'était pas encore onze heures, mais Ferris se fit servir un verre, et s'enfonça dans un fauteuil, comme un homme épuisé, serrant contre lui son bourbon coupé d'eau. L'avion pour Paris partait le lendemain. Il avait toute une journée devant lui. Il récapitula ce qu'il avait à faire : porter ses bagages à Air France, déjeuner avec son patron, acheter des chaussures, un manteau – quoi d'autre ? N'avait-il pas autre chose à faire ? Il vida son verre et ouvrit l'annuaire.

Il avait décidé de téléphoner à son ex-femme. C'était une impulsion irraisonnée. Elle s'appelait Bailey, du nom de son mari. Il composa le numéro sans prendre le temps de réfléchir. Chaque année, à Noël, ils échangeaient des cartes de vœux. Après avoir reçu le faire-part de son remariage, il lui avait envoyé un service à découper. Rien, absolument *rien*, ne l'empêchait donc de lui téléphoner. Pourtant, en écoutant la sonnerie à l'autre bout du fil, il eut un pressentiment.

Elizabeth répondit. Cette voix familière fut comme une bouffée de jeunesse. Il fut obligé de répéter son nom deux fois, mais, dès qu'elle eut compris qui il était, elle parut très heureuse. Il dit qu'il n'était à New York que pour une journée. Ils étaient invités au théâtre, répondit-elle, mais pourquoi ne viendrait-il pas dîner de bonne heure ? Il dit qu'il en serait ravi.

En allant d'un rendez-vous à l'autre, il retrouvait parfois l'impression d'oublier quelque chose d'important. En fin d'après-midi, il prit un bain et se changea. Il pensait à

Jeannine. Il allait la retrouver, le lendemain soir. Il lui dirait : « Figure-toi qu'à New York je suis tombé, tout à fait par hasard, sur mon ancienne femme. J'ai dîné avec elle, et avec son mari, bien sûr. C'était drôle de la revoir après tant d'années. »

Elizabeth habitait dans la partie Est de la 50e Rue. Du taxi qui l'y conduisait, il regardait tomber le crépuscule, d'un croisement à l'autre. Il faisait nuit quand il arriva à destination : une nuit d'automne, très sombre. L'immeuble avait un portier et un auvent de toile. Il monta au septième étage.

« Entrez, Mr Ferris. »

Comme il s'attendait à voir Elizabeth, ou le mari qu'il ne connaissait pas, cet enfant, au visage couvert de taches de rousseur, l'étonna. Il avait su, pour les enfants, mais sans en admettre vraiment l'existence. Il recula d'un pas, gêné.

« C'est bien ici, dit l'enfant poliment. Vous êtes monsieur Ferris ? Je suis Billy. Entrez. »

Une seconde surprise l'attendait dans le living-room : le mari lui-même. Là encore, sur le plan émotionnel, il n'en avait pas vraiment admis l'existence. C'était un homme roux, assez fort, avec des gestes lents. Il se leva, tendit une main amicale :

« Bill Bailey. Ravi de vous connaître. Elizabeth nous rejoint dans une minute. Elle finit de s'habiller. »

Ces derniers mots firent naître en lui un flot d'images d'autrefois. La belle Elizabeth, si rose et nue, au moment de prendre son bain. Assise devant sa coiffeuse, à demi habillée, brossant ses beaux cheveux châtains. Intimité de tendresse, de hasard, déesse au corps parfait si complètement à lui… Il parvint à repousser ces souvenirs importuns, et à croiser le regard de Bailey.

« Billy, mon fiston, veux-tu aller chercher le plateau avec les boissons sur la table de la cuisine ? »

L'enfant obéit aussitôt et quitta la pièce. Pour dire quelque chose, Ferris remarqua :

« Je trouve votre fils charmant.

– Nous aussi. »

Silence pesant jusqu'au retour de Billy, portant un plateau avec des verres et un shaker. La conversation s'amorça grâce aux premières gorgées : ils parlèrent de la Russie, de New York qui faisait toujours la pluie et le beau temps, de leurs appartements respectifs à Manhattan et à Paris.

« Demain, Mr Ferris va traverser l'Atlantique, dit Bailey à son fils, qui était sagement assis sur le bras de son fauteuil. Tu aimerais qu'il te cache dans sa valise ? »

L'enfant secoua ses mèches souples : «J'aimerais monter en avion et être journaliste, comme Mr Ferris.»

Il ajouta, avec une brusque assurance

«C'est ce que j'aimerais faire quand je serai grand.

– Je croyais que tu voulais être médecin, dit Bailey.

– Médecin aussi. J'aimerais être les deux. Et aussi, savant en énergie nucléaire.»

Elizabeth entra, une petite fille dans les bras.

«Oh! John...»

Elle donna le bébé à son mari.

«Quel plaisir de te voir! Je suis tellement heureuse que tu sois venu...»

La petite fille était assise sur les genoux de son père, sage comme une image. Elle portait une robe en crêpe de Chine rose pâle, avec des smocks d'un rose plus vif autour du col, et, dans les cheveux, un ruban de soie assorti à sa robe. Elle avait la peau bronzée, des yeux marron tachetés d'or, qui riaient sans cesse. Elle leva un doigt vers les lunettes d'écaille de Bailey. Il les enleva et lui permit de jouer avec un moment.

«Comment va ma petite Candy?» demanda-t-il.

Elizabeth était très belle, plus belle, peut-être, que Ferris ne s'y attendait. Éclat des cheveux, parfaitement coiffés et soignés. Douceur du visage, plus apaisé, plus rayonnant. Une beauté de madone qui lui venait de cette atmosphère familiale.

« Tu n'as guère changé, dit-elle. Ça fait pourtant longtemps...

– Huit ans. »

Durant cet échange de phrases banales, il passa inconsciemment la main dans ses cheveux clairsemés. Et, brusquement, il eut l'impression d'être un spectateur, un intrus. Qu'était-il venu faire chez ces Bailey ? Il avait mal. Sa propre vie lui apparut dérisoire, solitaire, fragile colonne dressée parmi les décombres des années perdues, et qui ne supportait plus rien. Il sentit qu'il ne pouvait pas rester un moment de plus au milieu de cette famille. Il regarda sa montre.

«Je crois que vous allez au théâtre...

– Je suis désolée, dit Elizabeth, c'est un rendez-vous pris depuis plus d'un mois. Mais tu reviendras chez toi un jour ou l'autre, John, j'en suis certaine, et dans pas très longtemps. Tu ne vas pas rester un expatrié ?

– Expatrié ? répéta Ferris. C'est un mot que je n'aime pas beaucoup.

– Tu en connais un meilleur ? »

Il réfléchit quelques secondes.

«Je préfère "celui qui passe". »

Il regarda sa montre encore une fois. Elizabeth renouvela ses excuses :

« Si seulement tu nous avais prévenus à l'avance…

– C'est ma seule journée à New York. Il a fallu que je revienne. À cause de mon père. Il est mort la semaine dernière.

– Papa Ferris est mort ?

– À Johns-Hopkins. Il était malade depuis près d'un an. On l'a enterré chez nous, en Géorgie.

– Je suis désolée. C'était un homme que j'aimais beaucoup.

Le petit garçon avança la tête de derrière le fauteuil pour regarder sa mère en face.

« Qui est mort ? »

Ferris n'entendait plus rien. Il pensait à la mort de son père. Il revoyait le corps étendu dans le cercueil de soie capitonnée. La peau curieusement rouge. Les mains familières, aux doigts joints, qui pesaient lourdement sur un lit de roses. L'image disparut. Il fut rappelé à la réalité par la voix calme d'Elizabeth :

« Le père de Mr Ferris, Billy. Un homme merveilleux. Tu ne le connaissais pas.

– Pourquoi l'appelles-tu Papa Ferris ? »

Elizabeth et son mari échangèrent un bref regard, comme pris en faute. Ce fut Bailey qui répondit :

« Il y a longtemps, ta mère a été mariée à Mr Ferris. Avant ta naissance. Il y a très longtemps.

– À Mr Ferris ? »

Le petit garçon ouvrit de grands yeux et regarda Ferris d'un air étonné et incrédule. Ferris, de son côté, le regardait avec une incrédulité semblable. Cette Elizabeth, cette étrangère, l'avait-il vraiment appelée « mon oiseau », « ma douceur », au cours de longues nuits d'amour ; avait-il vraiment vécu avec elle, partagé avec elle plus de mille jours et plus de mille nuits, et supporté, dans le déchirement d'une solitude inattendue, la dislocation pierre par pierre – alcool, jalousie, querelles d'argent – de leur amour conjugal ?

Bailey dit aux enfants :

« Je connais quelqu'un qui doit aller dîner, maintenant. Dépêchons-nous.

– Mais papa ! Maman et Mr Ferris... je... »

Le regard de Billy, ce regard fixe, perplexe, éclairé d'un soupçon d'hostilité, rappelait à Ferris celui d'un autre enfant. Le jeune fils de Jeannine. Un garçon de sept ans, au petit visage fermé, aux genoux pointus, qu'il voyait le moins possible et qu'il préférait oublier.

« En avant, marche ! dit Bailey en entraînant son fils vers la porte. Dis bonsoir.

– Bonsoir, monsieur Ferris. »

Il ajouta, avec dépit :

«Je croyais que je devais rester pour le gâteau.

– Tu reviendras pour le gâteau, dit Elizabeth. Va dîner avec papa.»

Ils restèrent seuls. La situation pesa de tout son poids sur leurs premiers instants de silence. Il demanda la permission de boire un second verre. Elizabeth posa le shaker près de lui. Il aperçut le piano à queue, la partition posée sur le chevalet.

«Tu joues toujours aussi merveilleusement?

– J'aime toujours.

– Alors, joue, Elizabeth. Je t'en prie.»

Elle se leva aussitôt. Elle acceptait toujours de jouer quand on le lui demandait. C'était un des bons côtés de son caractère – sans hésiter jamais, ni chercher de mauvaises excuses. En s'asseyant au piano, ce soir-là, elle éprouvait, en plus, un sentiment de soulagement.

Elle commença par un *Prélude et fugue* de Bach. Le prélude était joyeux, irisé, comme le soleil du matin dans une chambre. La première voix de la fugue se détacha d'abord, limpide, solitaire, puis se répéta, mélangée à une seconde voix, et se répéta de nouveau dans une construction savante, où le flot serein, horizontal, de la musique se mit à couler avec une majesté tranquille. Le thème principal s'enroulait aux deux autres, dans une richesse infinie d'invention – émergeant parfois, parfois submergé, avec la sublime élégance d'une chose qui se sait unique et ne craint pas de se fondre dans un ensemble. Vers la fin, la densité du matériau sonore atteignit sa plénitude par l'ultime répétition du thème principal, et la fugue s'acheva sur un accord parfait. Ferris, la tête sur le dossier de son fauteuil, avait fermé les yeux. Dans le silence, on entendit une voix haute, claire, de l'autre côté du couloir : « Papa, comment Mr Ferris et maman ont-ils pu… » – et le claquement d'une porte.

Le piano reprit. Quelle était cette mélodie ? Incapable de la reconnaître, et pourtant familière, endormie au fond de son cœur depuis de très longues années. Elle parlait d'un autre temps, d'un autre lieu. Elizabeth la jouait souvent. Fragile mélodie qui ranima le désordre confus de ses souvenirs. Il fut noyé par un flot de plaisirs anciens, de déchirements, de désirs ambivalents. Comment cette musique, si simple, si paisible, pouvait-elle servir de catalyseur à une si tumultueuse anarchie ? L'arrivée de la femme de chambre la brisa net.

« Madame est servie. » Il se retrouva assis entre son hôte et son hôtesse, mais la musique interrompue embrumait encore son cerveau. Il devait être un peu ivre.

« *L'improvisation de la vie humaine*[1], dit-il. Rien ne fait mieux comprendre l'improvisation de la vie humaine qu'une musique inachevée – ou un vieux carnet d'adresses.

– Un carnet d'adresses ? » répéta Bailey.

Il n'osa pas aller plus loin, et garda un silence poli.

« Tu as toujours été une sorte d'enfant, Johnny », dit Elizabeth avec un accent d'ancienne tendresse.

Le dîner était « sudiste », avec tous les plats qu'il aimait : poulet frit, gâteau de maïs, merveilleuses patates douces au sucre caramélisé. Elizabeth entretenait la conversation pour que les silences ne se prolongent pas. Ferris en vint à parler de Jeannine :

« Je l'ai rencontrée, il y a un an. À peu près à cette époque-ci, en automne. Elle est chanteuse. Elle avait un engagement à Rome. Je pense que nous allons nous marier. »

Cela semblait si vrai, si inévitable, que Ferris ne prit pas tout de suite conscience de son mensonge. Jamais il n'avait parlé mariage avec Jeannine. Du reste, elle avait encore un mari – un Russe blanc, agent de change à

1. En français dans le texte. (*N.d.T.*)

Paris, dont elle vivait séparée depuis cinq ans. C'était trop tard pour revenir sur son mensonge. Elizabeth disait déjà :

« Je suis très heureuse pour toi, Johnny. Je te félicite. »

Il essaya de se racheter par une vérité première :

« L'automne est si beau, à Rome. Toutes ces fleurs, tous ces parfums… »

Il ajouta :

« Jeannine a un petit garçon de six ans, un curieux bonhomme qui parle trois langues. Je l'emmène parfois aux Tuileries. »

Mensonge, là encore. Il ne l'avait emmené qu'une fois. Ce petit étranger blafard, aux culottes trop courtes, aux jambes trop maigres, avait fait voguer son bateau dans le bassin, était monté sur un poney et avait voulu assister au spectacle de marionnettes. Mais quelqu'un attendait Ferris à l'hôtel Scribe. Il avait promis à Valentin de revenir, une autre fois. Ils n'étaient jamais revenus.

Il y eut une brusque agitation. La femme de chambre entra avec un gâteau piqué de bougies roses. Les enfants la suivaient, en pyjama. Ferris ne comprenait pas encore.

« Bon anniversaire, John ! dit Elizabeth. Souffle tes bougies. »

C'était son anniversaire. Les bougies s'éteignirent doucement dans une odeur de cire chaude. Trente-huit ans. Les veines de ses tempes étaient devenues plus sombres. On les voyait battre plus vite.

« Vous allez être en retard pour le théâtre. »

Il remercia Elizabeth, dit au revoir à toute la famille qui le raccompagna jusqu'à la porte.

Une lune très haute, très mince, brillait au-dessus des gratte-ciel noirs en dents de scie. Il y avait du vent. Les rues étaient froides. Il se hâta vers la 3e Avenue et héla un taxi. Il regarda la ville endormie avec l'attention particulière de ceux qui s'en vont – qui ne reviendront peut-être jamais. Il était seul. Il attendait avec impatience l'heure du départ, et le voyage qui approchait.

C'est d'avion, le lendemain, qu'il regarda la ville, éclatante dans le soleil, pareille à un jouet, si précise. Puis l'Amérique bascula, il n'y eut plus que l'Atlantique et, au-delà de l'horizon, le lointain rivage de l'Europe. Audessous des nuages, l'océan avait une pâleur laiteuse, tranquille. Ferris somnola pendant presque toute la journée. Vers le soir, il pensa à Elizabeth, à la visite de la veille. Il la revit au milieu des siens, avec un sentiment d'envie très doux, très nostalgique, et un regret qu'il ne comprenait pas. Il essaya de retrouver la mélodie interrompue qui l'avait bouleversé. Il n'en avait gardé que le rythme, quelques notes éparses. La musique lui échappait. Par contre, il réentendit le premier motif de la fugue, mais inversée, comme par dérision, et dans un ton mineur. Suspendu au-dessus de l'océan, il se sentait libéré de toute angoisse devant la solitude et la brièveté du temps, et c'est avec résignation qu'il pensait à la mort de son père. L'avion atteignit la côte française à l'heure du dîner.

À minuit, Ferris traversait Paris en taxi. C'était une nuit nuageuse. Une couronne de brume s'accrochait aux réverbères de la place de la Concorde. Les lumières des cafés encore ouverts se reflétaient sur les trottoirs mouillés. Comme toujours après un vol transatlantique, le changement de continent était trop brutal. Le matin à New York, Paris à minuit. Ferris entrevoyait le désordre de sa vie : tant de villes, d'amours éphémères, et le temps, le glissement sinistre des années, le temps toujours.

« *Vite, vite, dépêchez-vous !*[1] » cria-t-il au chauffeur.

Valentin ouvrit la porte. Il portait un pyjama et une robe de chambre rouge trop grande pour lui. Ses yeux gris étaient pleins d'ombre. En voyant Ferris entrer dans

1. En français dans le texte original. (*N.d.T.*)

l'appartement, il battit rapidement des paupières.

«*J'attends maman.*[1]»

Jeannine chantait dans une boîte de nuit. Elle ne rentrerait qu'une heure plus tard. Valentin s'accroupit de nouveau sur le tapis, reprit ses crayons de couleurs et recommença à dessiner. Ferris regarda le dessin : c'était un joueur de banjo. Des notes de musique lui sortaient de la bouche, entourées d'une bulle.

«On va retourner aux Tuileries.»

L'enfant leva la tête. Ferris l'attira contre ses genoux. La mélodie interrompue lui revint subitement. Sans qu'il l'ait cherchée, comme si sa mémoire se libérait d'un coup – et ce fut un instant de joie inattendue.

«Tu l'as vu, monsieur Jean?» demanda l'enfant.

Ferris ne comprenait pas. Il pensait à un autre enfant – un petit garçon roux qu'adoraient son père et sa mère.

«Vu qui, Valentin?

– Ton papa mort en Géorgie. Il était bien?»

Ferris se mit à parler très vite

«On ira aux Tuileries, très souvent. Tu feras du poney. On ira au guignol. On regardera

1. En français dans le texte original. (*N.d.T.*)

les marionnettes. On ne sera plus jamais pressés.

– Le guignol est fermé maintenant, monsieur Jean », dit l'enfant.

L'effroi, de nouveau, le compte des années perdues, la mort. Valentin dans ses bras, confiant, abandonné. Sa joue touchait cette douce joue et sentait la caresse des cils délicats. Dans un geste d'effusion, il serra l'enfant contre lui, comme si une émotion aussi changeante que son amour pouvait maîtriser le rythme du temps.

# Un problème familial

Chaque jeudi, Martin Meadows quittait son bureau un peu plus tôt pour pouvoir attraper le premier autocar express. Le crépuscule bleu lilas se fanait dans les rues humides et, à l'instant précis où l'autocar quittait le terminus, les lumières de la nuit brillaient sur la ville. Chaque jeudi après-midi, la domestique était de sortie, et Martin préférait rentrer le plus vite possible, car, depuis l'an dernier, sa femme n'était pas... – enfin, pas très bien. Ce jeudi-là, il était très fatigué. Pour éviter qu'un des habitués de cette ligne de banlieue ne lui adresse la parole, il se plongea dans son journal jusqu'à ce que l'autocar ait franchi le pont George-Washington et se soit engagé sur l'autoroute 9-W. Il avait fait alors la moitié du parcours. Martin en prenait conscience chaque soir. Et, même quand il faisait froid et qu'aucun courant d'air ne traversait l'atmosphère enfumée de l'autocar, il prenait une profonde inspiration, en se disant qu'il respirait enfin l'air de la campagne. Il pouvait alors commencer à se détendre et penser à sa maison avec plaisir. Depuis l'an dernier, cependant, il sentait grandir en lui un sentiment d'inquiétude à mesure qu'il s'en rapprochait, et il était beaucoup moins pressé d'arriver. Ce jeudi-là, le visage contre la vitre, il regardait les champs déserts et les lumières des villages isolés. Le clair de lune éclairait à peine la terre noire, coupée çà et là de plaques de neige durcie. Ce paysage lui parut immense et désolé. Quelques minutes avant l'arrêt, il prit son chapeau dans le filet, glissa son journal dans la poche de son manteau et tira le signal.

Le cottage était à une rue de la station de l'autocar, au bord de la rivière, mais pas directement sur la berge. Par les fenêtres du living-room, on apercevait l'Hudson, de l'autre côté de la rue, au-delà d'un petit jardin. C'était une maison trop blanche et trop neuve, avec une pelouse étroite. En été, il y avait un gazon soyeux et brillant, et Martin prenait grand soin d'une bordure de fleurs et d'un rosier grimpant. Mais, en hiver, la pelouse était terne et le cottage paraissait nu. Ce soir-là, Martin vit toutes les lampes allumées et pressa le pas. Il s'arrêta devant le perron pour écarter un chariot qui lui barrait le passage.

Les enfants étaient dans le living-room. Si passionnés par leur jeu qu'ils n'entendirent pas la porte s'ouvrir. Martin s'arrêta pour les regarder. Ils étaient très beaux et ils allaient très bien. Ils avaient ouvert le dernier tiroir du secrétaire et sorti les décorations de Noël. Andy avait réussi à allumer la guirlande d'ampoules électriques dont les boules rouges et vertes étincelaient sur le tapis, comme pour une fête hors saison. Il essayait de faire passer cette guirlande lumineuse par-dessus le cheval à bascule de Marianne. Marianne, assise par terre, déplumait un ange de ses ailes. Les enfants accueillirent leur père avec des transports de joie. Martin fit sauter la petite fille si bien potelée par-dessus son épaule, pendant qu'Andy se jetait dans ses jambes.

« Papa, papa, papa ! »

Martin reposa la petite fille par terre avec précaution et fit osciller deux ou trois fois Andy comme un pendule. Puis il ramassa la guirlande d'ampoules.

« Pourquoi avez-vous sorti tout ça ? Aidez-moi à le remettre dans le tiroir. Andy, ne fais pas l'idiot avec la prise de courant. Je te l'ai déjà dit cent fois. C'est sérieux, Andy. »

Le petit garçon de six ans hocha la tête et referma le tiroir. Martin passa la main dans ses doux cheveux blonds, s'attarda un moment sur la petite nuque fragile.

« Tu as dîné, mon gros loup ?

– Le toast était brûlant. J'ai eu mal. »

La petite fille trébucha sur le tapis et, la première surprise passée, se mit à pleurer. Martin la prit dans ses bras et la porta jusqu'à la cuisine.

« Le toast, papa, regarde... »

Emily avait préparé le dîner des enfants sur la table de porcelaine qu'elle avait débarrassée. Deux assiettes, avec des restes de flocons d'avoine, deux pots d'argent qui avaient contenu du lait, et une grande assiette de pains grillés à la cannelle, tous intacts, sauf le premier qui portait une marque de dents. Martin renifla le morceau entamé, le mordilla sans enthousiasme, et jeta le pain dans la poubelle.

« Oh ! Fffuuiii... Mais qu'est-ce que c'est que ça ? »

Emily s'était trompée. Au lieu de cannelle, elle avait mis du poivre de Cayenne.

« C'est agréable de brûler, dit Andy. J'ai bu de l'eau, j'ai sorti en courant et j'ai ouvert la bouche. Marianne en a pas mangé.

– N'en a pas », corrigea Martin, immobile, perplexe, regardant les murs de la cuisine.

« Enfin, c'est comme ça, dit-il. Où est ta mère ?

– Là-haut. Dans votre chambre. »

Martin laissa les enfants dans la cuisine et monta voir sa femme. Il resta un moment sur le palier pour que sa colère se calme. Puis il entra et referma soigneusement la porte derrière lui.

Emily était assise dans un rocking-chair, près de la fenêtre de cette agréable pièce. Elle venait de boire quelque chose dans une timbale. En le voyant entrer, elle cacha rapidement la timbale derrière son fauteuil. Il y avait dans son attitude un mélange d'inquiétude et de culpabilité, qu'elle essaya de masquer sous une vivacité un peu trop appuyée.

« Oh ! Marty, déjà rentré ? Je n'ai pas vu le temps passer. J'allais justement descendre... »

Elle vint vers lui, en titubant un peu. Son baiser sentait le sherry. Comme il la regardait sans dire un mot, elle se recula avec un petit rire nerveux :

« Qu'est-ce qui t'arrive ? Tu restes là, planté comme un piquet. Il y a quelque chose qui ne va pas ?

– Qui ne va pas pour moi ? »

Il se baissa et ramassa la timbale derrière le rocking-chair.

« Si tu pouvais savoir à quel point j'en ai assez… À quel point tout ceci est néfaste pour nous tous… »

Emily prit la voix faussement enjouée qui était devenue un peu trop familière pour Martin. Elle affectait, dans ces moments-là, un léger accent anglais, imité sans doute d'une actrice qu'elle admirait.

« Je ne comprends pas un mot de ce que tu dis. Fais-tu allusion à la timbale qui m'a servi à boire une larme de sherry ? Une larme, peut-être deux. Peux-tu m'expliquer en quoi c'est un crime ? Je me sens tout à fait bien. Tout à fait bien.

– Ça saute aux yeux ! »

Emily se dirigea vers la salle de bains en surveillant attentivement sa démarche. Elle ouvrit le robinet d'eau froide, en fit couler dans ses mains jointes, s'en aspergea le visage et s'essuya avec le coin d'une serviette. Elle était jolie, avec des traits délicatement dessinés, jeune, sans une ride.

« J'allais justement descendre préparer le dîner. »

Elle perdit l'équilibre, se rattrapa au montant de la porte.

« C'est moi qui vais m'occuper du dîner. Reste ici. Je te l'apporte.

– Il n'en est pas question, Marty. Entendre une chose pareille, mais…

– Je t'en prie.

– La paix, à la fin! Je te répète que je suis tout à fait bien et que j'allais justement descendre…

– Obéis-moi.

– Et ta sœur!»

Elle chancela vers la porte. Martin lui saisit le bras.

«Je ne veux pas que les enfants te voient dans cet état. Sois raisonnable.

– Cet état!»

Emily secoua le bras. Une brusque colère fit trembler sa voix.

«Je bois deux petits sherries dans l'après-midi et tu veux me faire passer pour une ivrogne? Cet état! Je ne touche jamais au whisky, tu le sais parfaitement. Je n'entre jamais dans un bar. Tu ne peux pas en dire autant! Pas même un cocktail avant le dîner. Un simple verre de sherry de temps en temps. Et alors, où est le mal? Cet état!»

Martin cherchait comment la calmer.

«Tu vas voir. On va dîner ici, tranquillement, en tête à tête. Voilà, sois raisonnable.»

Emily s'était assise sur le bord du lit. Il ouvrit rapidement la porte.

«Une seconde, et je reviens.»

Tout en s'occupant du dîner, il cherchait une fois de plus à comprendre comment un tel problème avait pu atteindre son foyer.

C'est vrai qu'il avait toujours aimé boire lui-même. C'est vrai qu'en Alabama ils trouvaient tout naturel de se préparer des cocktails. Et que, pendant des années, ils avaient pris l'habitude de boire deux ou trois verres avant le dîner, et un dernier verre avant de se coucher. Et qu'à la veille des vacances il leur arrivait de faire la bombe et d'être un peu éméchés. Mais jamais Martin n'avait considéré l'alcool comme un problème. Comme une dépense, plutôt, qui devenait de plus en plus lourde avec le développement de sa famille. Rien de plus. Il avait fallu qu'il soit nommé à New York pour s'apercevoir que sa femme buvait trop. Qu'elle sirotait pendant la journée.

Le problème découvert, il avait essayé d'en analyser la cause. Le transfert d'Alabama à New York avait sans aucun doute perturbé Emily. Elle avait toujours vécu dans la chaleur paresseuse d'une petite ville du Sud, entourée de sa famille, de ses cousins, de ses amis d'enfance. Elle n'avait pas pu se faire à la façon de vivre du Nord, plus rigide et plus impersonnelle. Elle supportait mal ses devoirs de mère de famille et de maîtresse de maison. Elle avait une si vive nostalgie de Paris-City qu'elle ne s'était fait aucune amie dans cette petite ville de banlieue. Elle se contentait de lire les journaux et beaucoup de romans policiers. L'alcool l'aidait à combler le vide de sa vie intérieure. Les effets de la boisson sapèrent insidieusement l'image qu'il avait eue jusque-là de son épouse. Elle avait des moments de méchanceté inexplicable, des moments où l'excès d'alcool provoquait une explosion de colère extrêmement vulgaire. Martin découvrit chez Emily une grossièreté latente, en désaccord absolu avec sa simplicité naturelle. Elle mentait au sujet de ce qu'elle buvait, et inventait pour tromper Martin des stratagèmes dont il la croyait incapable.

Puis un accident se produisit. Un soir de l'année précédente, en rentrant chez lui, il avait entendu des cris qui venaient de la chambre d'enfants. Il avait trouvé la petite Marianne nue et mouillée. Elle sortait de son bain. Emily la tenait de telle façon que son fragile, si fragile petit crâne heurtait le bord de la table, et qu'un filet de sang coulait dans le duvet de ses cheveux. Emily sanglotait. Elle était ivre. Pendant qu'il berçait l'enfant blessée, qui avait pris pour lui, à cet instant, une valeur inestimable, Martin s'était senti terrifié en pensant à l'avenir.

Le lendemain, Marianne allait bien. Emily avait fait le serment de ne plus toucher à l'alcool. Elle avait tenu parole quelques semaines. Elle était sobre, froide et abattue. Petit à petit, elle avait recommencé à boire.

Ni whisky ni gin. De la bière en grande quantité, du sherry et toutes sortes de liqueurs étrangères. Il avait découvert un jour un carton à chapeaux plein de bouteilles de crème de menthe vides. Il avait engagé une personne de confiance qui dirigeait la maison avec efficacité. Virgie était d'Alabama, elle aussi. Martin n'avait pas osé dire à Emily quels étaient les salaires pratiqués à New York. Maintenant, Emily buvait dans le secret le plus absolu, en dehors des heures où il était à la maison. Impossible de s'en apercevoir. Une certaine lenteur, peut-être, dans les gestes ; une certaine lourdeur dans la paupière. Les moments d'irresponsabilité absolue, comme la tartine au poivre de Cayenne, étaient rares. Quand Virgie était là, Martin pouvait oublier ses soucis. Il gardait en lui, cependant, une angoisse secrète, qui l'accompagnait toute la journée, l'angoisse d'un irréparable désastre.

« Marianne ! »

Chaque fois qu'il repensait à l'accident, il avait besoin de se rassurer en appelant sa fille. Sa blessure avait disparu, mais elle avait toujours, aux yeux de son père, une valeur inestimable. Elle entra dans la cuisine avec son frère. Martin achevait de préparer le dîner. Il avait ouvert une boîte de soupe et mis deux côtelettes à griller dans la poêle. Il s'assit devant la table et fit grimper Marianne sur ses genoux pour jouer au cheval. Andy les regardait, en faisant bouger une de ses dents qui remuait depuis le début de la semaine.

« Andy-lapin, tu as toujours cette vilaine bête dans la bouche ? Fais voir.

– J'ai une ficelle pour l'arracher. »

Le petit garçon sortit de sa poche un morceau de fil tout emmêlé.

« Virgie dit qu'il faut attacher un bout à la dent, l'autre bout à la poignée de la porte, et fermer la porte très fort. »

Martin prit un mouchoir propre et tâta soigneusement la dent branlante.

« Il faut que cette dent quitte cette nuit la bouche d'Andy. Sinon, nous allons avoir un arbre à dents dans la famille.

– Un quoi ?

– Un arbre à dents. En mordant dans quelque chose, Andy avalera sa dent. Cette dent prendra racine dans l'estomac du pauvre Andy et se transformera en arbre qui aura des petites dents pointues à la place des feuilles.

– Nnnooonn, papa ! »

Andy tenait solidement sa dent entre le pouce et l'index.

« J'ai jamais vu cet arbre-là. Ça peut pas exister.

– Je *n*'ai jamais vu cet arbre-là, ça *ne* peut pas exister. »

Martin se redressa brusquement. Emily descendait l'escalier. En entendant son pas hésitant, il prit peur et serra le petit garçon contre lui. Quand Emily entra dans la cuisine, il comprit, à ses gestes et à son visage fermé, qu'elle avait eu de nouveau recours à la bouteille de sherry. Elle ouvrit brutalement les tiroirs et commença à mettre le couvert.

« Cet état ! dit-elle d'une voix furieuse. Tu oses me parler sur ce ton ! Ne t'imagine pas que je vais oublier. Je me souviens de tous tes mensonges, l'un après l'autre. Ne t'imagine pas une seconde que je vais oublier.

– Emily, les enfants…

– Les enfants, justement. Ne t'imagine pas que je suis aveugle. Je vois parfaitement ce que tu complotes. Tu t'enfermes ici, et tu les montes contre moi. Ne t'imagine pas que je ne comprends pas.

– Emily, je t'en prie, retourne là-haut.

– Et, pendant que je suis là-haut, tu montes mes enfants, mes propres enfants… »

Deux grosses larmes coulaient sur ses joues.

« Tu essaies de monter mon petit garçon, mon petit Andy, contre sa propre mère… »

Avec la violence de l'ivresse, elle s'agenouilla devant l'enfant tout surpris. Elle s'agrippa à ses épaules pour garder son équilibre.

« Réponds-moi, Andy. Tu n'écoutes pas les mensonges que te dit ton père ? Tu ne crois pas ce qu'il te raconte ? Réponds-moi, Andy, de quoi te parlait ton père avant que j'arrive ? »

Ne sachant que faire, l'enfant chercha le regard de son père.

« Réponds-moi. Je veux savoir.

– De l'arbre à dents.

– Quoi ? »

L'enfant répéta. Elle répéta à son tour, prise d'une terreur insensée :

« L'arbre à dents ! »

Elle serrait l'épaule de l'enfant de toutes ses forces.

« Je ne comprends pas de quoi tu parles, Andy. Mais écoute, Andy, maman va bien, non ? »

Les larmes coulaient sur son visage. Andy, qui avait peur, se recula. Emily saisit le bord de la table pour se tenir droite.

« Tu vois, tu as monté mon fils contre moi ! »

Marianne commença à pleurer. Martin la serra contre lui.

« C'est ça dit-elle, reprends ta fille. Tu as toujours eu une préférence pour elle. Je te la laisse, mais laisse-moi au moins mon petit garçon. »

Andy, qui était tout près de son père, lui toucha la jambe.

« Papa… », supplia-t-il.

Martin conduisit les deux enfants au pied de l'escalier.

« Andy, tu montes avec Marianne. Je vous rejoins dans une minute.

– Et maman ? murmura l'enfant.

– Tout ira bien, ne t'inquiète pas. »

Emily sanglotait contre la table de la cuisine, le visage enfoui au creux de son coude. Martin remplit un bol de soupe et le posa devant elle. Ses sanglots le désarmaient. Quelle qu'en fût la nature, la violence de cette émotion suscita en lui un élan de tendresse. Involontairement, il lui posa la main sur les cheveux.

« Redresse-toi et mange ta soupe. »

Elle leva la tête, le regarda d'un air suppliant et désolé. Était-ce le recul du petit garçon ou la main de Martin ? Son humeur s'était transformée.

« Mar… Martin…, sanglota-t-elle, j'ai tellement honte.

– Mange ta soupe. »

Elle voulut faire preuve d'obéissance, avala sa soupe entre deux hoquets. Elle avala un second bol et accepta qu'il la reconduise jusqu'à leur chambre. Elle était docile et calme. Il posa la chemise de nuit sur le lit. Au moment où il allait quitter la chambre, une nouvelle vague de désespoir, provoquée par l'alcool, la submergea.

« Il s'est détourné de moi. Mon Andy m'a regardée et s'est écarté de moi... »

Malgré la fatigue et l'agacement qui durcissaient sa voix, Martin répondit prudemment :

« Tu oublies que c'est un petit enfant. Comment veux-tu qu'il comprenne ce que signifie ce genre de scène ?

– J'ai fait une scène ? Martin, j'ai fait une scène devant les enfants ? »

Elle avait un visage si horrifié qu'il en fut touché, presque amusé malgré lui.

« N'y pense plus. Mets ta chemise de nuit et dors.

– Mon enfant s'est détourné de moi. Andy a regardé sa mère et s'est détourné de sa mère. Les enfants... »

Elle se laissait reprendre par le désespoir rythmé de l'ivresse. Martin quitta la chambre en disant :

« Pour l'amour du ciel, dors. Demain matin, les enfants auront tout oublié. »

Mais il n'était pas sûr que ce soit vrai. Cette scène s'effacerait-elle complètement de leur mémoire, ou plongerait-elle dans leur subconscient des racines profondes qui resurgiraient et suppureraient un jour ? Il n'en savait rien. Cette éventualité le rendit malade. Il imagina le réveil d'Emily, sa «matinée-après-l'humiliation». Les échardes de souvenirs, les éclairs de lucidité déchirant l'obscur aveuglement de la honte. Elle téléphonerait deux fois au bureau de New York – peut-être trois, quatre fois. Martin imaginait son propre embarras, se demandant si ses collègues ne se douteraient pas de quelque chose. Il avait l'impression que sa secrétaire avait deviné son problème depuis longtemps et qu'elle avait pitié de lui. Une brève révolte le dressa contre son destin. Il haïssait sa femme.

Quand il eut refermé derrière lui la porte de la chambre des enfants, il se sentit à l'abri pour la première fois de la soirée. Marianne tomba, se releva toute seule, dit : «Regarde, papa», tomba de nouveau, jouant sans fin à «je tombe-je me relève-je dis à papa de me regarder». Assis dans sa petite chaise d'enfant, Andy tripotait sa dent. Martin fit couler l'eau dans le tub, se lava les mains dans le lavabo et appela son fils dans la salle de bains.

«Andy, viens me montrer ta dent encore une fois.»

Il s'assit sur le siège des W-C, serra Andy entre ses genoux. L'enfant ouvrit la bouche. Martin saisit la dent. Une secousse, un mouvement bref, la dent de lait nacrée sortit de son alvéole. Le visage d'Andy reflétait à la fois la terreur, l'étonnement et le plaisir. Il but une gorgée d'eau, la recracha dans le lavabo.

« Papa, du sang! Regarde! Marianne... » Martin adorait donner leur bain à ses enfants. Il se délectait devant la tendresse de ces corps nus, debout dans l'eau. Emily était injuste en l'accusant d'avoir une préférence. En savonnant ce corps délicat de garçon qui était celui de son fils, il sut qu'il était impossible d'aller plus avant dans l'amour. Il admettait cependant que l'émotion qu'il éprouvait pour chacun de ses enfants était différente. Son amour pour sa fille était plus grave, teinté d'une sorte de mélancolie, d'une douceur qui ressemblait à de la douleur. Les diminutifs qu'il donnait au garçon changeaient chaque jour, au gré du moment. Sa fille, il l'appelait toujours Marianne, et, quand il prononçait ce nom, sa voix était une caresse. Il acheva d'essuyer le petit ventre grassouillet, le doux pli génital. Ces deux visages bien propres, éclatants comme des pétales de fleur, il les aimait autant l'un que l'autre.

«Je vais mettre ma dent sous mon oreiller, dit Andy. En échange, je recevrai vingt-cinq *cents*.

– Comment ça?

– Tu sais bien, papa. Johnny a reçu vingt-cinq *cents* pour sa dent.

– Mais qui les dépose, ces vingt-cinq *cents* ? J'ai toujours cru que c'étaient les fées. De mon temps, d'ailleurs, elles ne donnaient que dix *cents*.

– C'est des histoires pour le jardin d'enfants.

– Qui les dépose, alors ?

– Les parents. Toi. »

Martin attachait la couverture de Marianne. La petite fille dormait déjà. Il se pencha, retenant son souffle, embrassa le front, embrassa une fois encore la main minuscule qui reposait, paume ouverte, près de son visage.

« Bonne nuit, fiston. »

Un murmure ensommeillé lui répondit. Il attendit un moment, chercha de la monnaie dans sa poche, et glissa sous l'oreiller une pièce de vingt-cinq *cents*. En sortant, il laissa une lampe de chevet allumée dans la chambre.

Il redescendit dans la cuisine et, tout en cherchant de quoi dîner, il lui vint à l'esprit que les enfants n'avaient reparlé ni de leur mère ni de cette scène qui avait dû leur sembler incompréhensible. Ils s'étaient trouvés absorbés par l'instant présent – la dent, le bain, la pièce de vingt-cinq *cents*, incidents légers et que le temps si fluide de l'enfance entraînait avec lui, comme une rivière rapide entraîne des feuilles, abandonnant et oubliant sur la berge les énigmes du monde adulte. Martin en remercia Dieu.

Mais sa colère, longtemps retenue, resurgit. Il voyait sa jeunesse s'effriter sous les coups d'une ivrogne, sa propre virilité subtilement minée. Une fois franchie l'innocence qui les protégeait, que se passerait-il pour les enfants, d'ici un an ou deux? Les coudes sur la table, il mangeait rageusement, machinalement. Impossible de dissimuler la vérité plus longtemps. On allait finir par jaser en ville et au bureau. Il avait une femme aux mœurs dissolues. Dissolues. Quel avenir, pour ses enfants et lui, sinon une lente et inéluctable déchéance?

Il se leva d'un mouvement brusque, se mit à tourner dans le living-room. Il essaya de lire, mais son esprit était encombré d'images sinistres. Il voyait ses enfants qui se noyaient dans une rivière, sa femme devenue un objet de mépris public. Au moment de monter se coucher, cette colère insupportable et tenace était comme un poids sur sa poitrine, et il traînait les pieds en montant l'escalier.

La chambre était sombre. Une faible lueur arrivait de la salle de bains par la porte entrebâillée. Il se déshabilla lentement. Un mystérieux changement s'opérait en lui peu à peu. Sa femme dormait paisiblement. Sa respiration résonnait doucement dans la pièce. En apercevant les bas négligemment jetés sur les chaussures à hauts talons, il perçut comme un appel silencieux. Il s'approcha des vêtements, en désordre sur une chaise. Il prit dans ses mains la gaine et le soutien-gorge soyeux, les garda quelques instants, immobile. Pour la première fois de la soirée il regarda sa femme. Il parcourait des yeux le front délicat, le parfait dessin des sourcils dont avait hérité Marianne, en même temps que l'arrondi du nez. Les hautes pommettes et le menton pointu appartenaient à Andy. Elle était mince et souple, et sa poitrine était épanouie. Plus il regardait sa femme endormie, plus il sentait s'éloigner le spectre de sa colère. Reproche, déchéance, tout avait disparu. Il alla éteindre la salle de bains, entrouvrit la fenêtre et se glissa doucement contre Emily, en prenant soin de ne pas l'éveiller. Il lui jeta un dernier regard, à la clarté de la lune. Sa main tâtonna vers ce corps et le chagrin se doublait de désir dans la complexité infinie de l'amour.

# Une pierre, un arbre, un nuage

Le matin était encore très sombre et il pleuvait. Le garçon passa devant le tramway-bar. Comme il avait presque fini sa tournée, il entra boire une tasse de café. C'était un bar ouvert toute la nuit, tenu par un homme aigri et avare nommé Léo. Après tant de rues désertes, hostiles, le bar avait quelque chose de gai et d'amical. Le long du comptoir, il y avait deux soldats, trois ouvriers de la filature et, tout à fait dans le fond, un homme tellement voûté que son nez et la moitié de son visage plongeaient dans son pichet de bière. Le garçon portait un casque de cuir comme en ont les pilotes. En entrant, il dégrafa le côté droit de sa mentonnière et le releva au-dessus de sa petite oreille rose. Il arrivait souvent que quelqu'un lui dise un mot aimable pendant qu'il buvait son café. Mais, ce matin-là, personne ne parlait. Léo ne fit même pas attention à lui. Il allait sortir, après avoir payé, quand il entendit une voix qui l'appelait :

« Fils ! Hé ! Fils ! »

Il se retourna. L'homme qui était dans le coin lui faisait signe d'approcher, du doigt et du regard. Il avait soulevé la tête et semblait brusquement très heureux. C'était un homme grand et pâle, avec un gros nez, des cheveux carotte fanée.

« Hé, fils ! »

Le garçon approcha. Il devait avoir dans les douze ans, petit pour son âge, une épaule plus basse que l'autre à cause de la sacoche qui contenait les journaux, un visage banal, couvert de taches de rousseur, et les yeux ronds d'un enfant.

« M'sieu ? »

L'homme posa une main sur l'épaule du petit livreur, puis lui saisit le menton et le fit tourner lentement de gauche à droite. L'enfant recula d'un bond, mal à l'aise.

« Eh ! dit-il d'une voix perçante, vous voulez quoi, exactement ? »

Un grand silence s'était fait dans le bar L'homme dit doucement :

« Je t'aime. »

Au comptoir, les hommes s'étaient mis à rire. Le garçon hésitait, les sourcils froncés. Il regarda Léo au comptoir, et Léo avait un sourire ironique et désabusé. L'enfant se dit qu'il valait mieux rire, lui aussi. Mais l'homme était triste et grave.

«Je ne voulais pas me moquer de toi, fils. Assieds-toi. Prends un verre de bière avec moi. J'ai quelque chose à t'expliquer.»

Le petit livreur de journaux glissa un œil prudent vers les hommes du comptoir, pour savoir ce qu'il fallait faire. Mais ils étaient revenus à leur bière ou à leur petit déjeuner, et ne s'intéressaient plus à lui. Léo posa sur le comptoir une tasse de café et un pot de crème.

«Attention! dit-il. C'est un mineur.»

Le petit livreur de journaux se hissa sur un tabouret. Son oreille, qui dépassait le bord du casque, était très petite et rouge. L'homme le regardait calmement en remuant la tête.

«C'est important», dit-il.

Il fouilla dans sa poche, en sortit quelque chose qu'il posa dans la paume de sa main.

«Regarde attentivement.»

Le garçon écarquilla les yeux, mais il n'y avait rien à regarder attentivement. Une simple photographie, dans la grande main sale de l'homme. La photographie d'une femme au visage flou. Seuls le chapeau et la robe étaient nets.

«Vu?» dit l'homme.

Le garçon fit signe que oui. L'homme lui montra une seconde photographie. C'était la même femme, sur une plage, en maillot de bain. Un maillot qui lui faisait un gros ventre. C'est la seule chose qu'on remarquait.

«Bien regardé?» dit l'homme.

Se penchant le plus possible, il ajouta :

«Tu ne l'as jamais rencontrée?»

Immobile sur son tabouret, le garçon dévisageait l'homme du coin de l'œil.

«Pas que je sache.»

L'homme souffla sur les photographies et les remit dans sa poche.

«C'était ma femme.

– Morte?» demanda le garçon.

L'homme hocha doucement la tête, plissa les lèvres comme s'il allait siffler, et hésita longtemps avant de répondre.

«Euuuuhhhh… Je vais t'expliquer.»

Il avait devant lui un grand pichet de bière en grès marron. Au lieu de le prendre pour boire, il se pencha, posa son visage sur le rebord et garda cette position un long moment. Puis, inclinant le pichet des deux mains, il aspira la bière.

«Une de ces nuits, dit Léo, vous vous endormirez le nez dans un pichet et vous vous noierez… Un client de passage éminent se noie dans sa bière. Pas banal, comme mort!»

Le petit livreur de journaux cherchait à communiquer par signes avec lui. Profitant de ce que l'homme ne regardait pas, il demanda silencieusement, en articulant bien : «Il est soûl?» Mais Léo se contenta de lever les sourcils et posa quelques tranches de lard sur son gril. L'homme repoussa le pichet, se redressa, croisa ses longues mains osseuses. Il regardait le garçon avec tristesse. Il ne clignait pas des paupières, mais, de temps en temps, les laissait retomber sur ses yeux vert pâle avec une gravité délicate. C'était presque l'aube. Le garçon déplaça la sacoche qui lui faisait mal à l'épaule.

«C'est de l'amour que je vais parler, dit l'homme. Pour moi, c'est devenu une science.»

Le garçon glissait déjà de son tabouret. Mais l'homme pointa l'index dans sa direction. Il y avait quelque chose en lui qui arrêta le garçon et l'empêcha de s'en aller.

«Je me suis marié il y a douze ans avec la femme des photographies. Elle a été mon épouse, pendant un an, neuf mois, trois jours et deux nuits. Je l'aimais. Oui… »

Il raffermit sa voix qui s'était cassée brusquement.

«Je l'aimais. Je croyais qu'elle m'aimait aussi. J'étais ingénieur des chemins de fer. Elle avait tout ce qu'elle voulait, à la maison, le confort et les à-côtés. Il ne me serait jamais venu à l'idée qu'il pouvait lui manquer quelque chose. Tu sais ce qui est arrivé?

– Nnnooonn!» grogna Léo.

L'homme continua de fixer l'enfant.

«Elle est partie. Un soir, je suis rentré; la maison était vide. Elle était partie.

– Avec un type?» demanda le garçon.

L'homme reposa sa main sur le comptoir.

«Bien sûr, fils. Une femme ne s'en va pas comme ça toute seule.»

Le bar était calme. Au-dehors, il y avait la pluie, noire et douce, qui tombait sans fin. Léo prit une longue fourchette et appuya les tranches de lard sur le gril.

«Alors, comme ça, dit-il, vous suivez cette pépée à la piste depuis onze ans? Quel vieux cinglé vous faites!»

L'homme regarda Léo pour la première fois.

«Pas de vulgarité, je vous prie. D'ailleurs, ce n'est pas à vous que je parle.»

Il se retourna vers le garçon, et dit à mi-voix, comme en confidence :

«On ne fait pas attention à lui, d'accord?»

Le petit livreur de journaux hocha la tête, avec un peu d'hésitation.

«Je suis quelqu'un qui perçoit des choses, reprit l'homme. C'est comme ça depuis que je suis né. Les choses laissent une empreinte en moi, l'une après l'autre. Un clair de lune, la jambe d'une jolie fille. Mais toujours l'une après l'autre. Et chaque fois qu'une chose m'a touché ainsi, j'ai l'impression étrange qu'elle s'éparpille autour de moi. Aucune ne paraît capable de se suffire à elle-même ou de s'harmoniser avec les autres. Les femmes ? J'en ai eu quelques-unes. Pareil. Le plaisir s'éparpillait très vite. J'étais quelqu'un qui n'avait jamais aimé. »

Il ferma les paupières, très lentement, et c'était comme le rideau d'un théâtre qui se baisse à la fin d'un acte. Lorsqu'il recommença à parler, il n'avait plus la même voix. Il était surexcité, les mots se bousculaient, et les lobes de ses grandes oreilles frémissaient.

« Et j'ai rencontré cette femme. J'avais cinquante et un ans. Elle a toujours prétendu qu'elle en avait trente. Je l'ai rencontrée dans une station-service. Trois jours plus tard, on était mariés. Peux-tu imaginer ce qui s'est passé pour moi ? Je suis incapable de le décrire. Tout ce que j'avais jamais ressenti était soudain rassemblé autour de cette femme. Plus d'éparpillement. L'impression d'une harmonie parfaite dont elle était le centre. »

L'homme s'interrompit brusquement, en caressant son grand nez. Il dit à mi-voix, d'un ton mécontent :

« J'explique mal. Voilà exactement ce qui s'est passé : toutes ces merveilleuses impressions, tous ces plaisirs secrets faisaient partie de moi. Mais en désordre. Cette femme a su en faire le dessin de mon âme. Les divers fragments de moi-même se sont cristallisés en elle, et je suis devenu un tout. Tu me suis maintenant ?

– Elle s'appelait comment ? demanda le garçon.

– Oh ! Je l'appelais Dodo. Mais ça n'a rien à voir.

– Vous avez essayé de la faire revenir à la maison ? »

L'homme parut ne pas entendre.

« Tu peux commencer à comprendre ce qui s'est passé quand elle m'a quitté. »

Léo mit deux tranches de lard grillé à l'intérieur d'un petit pain. Il avait le visage gris, des yeux fendus, un nez cerclé d'ombres bleuâtres. L'un des ouvriers de la filature fit signe qu'il voulait encore du café. Léo lui en versa. Il se faisait payer pour en resservir. L'ouvrier de la filature prenait tous les matins son petit déjeuner dans ce bar, mais plus Léo connaissait ses clients, plus il était avare avec eux. Lui-même, en grignotant son petit pain, il avait l'air de se le refuser.

« Et vous n'avez jamais pu remettre la main dessus ? »

Le garçon ne savait pas très bien que penser. Il y avait autant de curiosité que de méfiance sur son visage d'enfant.

Comme livreur de journaux, il débutait à peine. C'était encore bizarre pour lui d'être ainsi en ville, dans le petit jour sombre, inquiétant.

«J'ai essayé beaucoup de choses pour la faire revenir, dit l'homme. Je l'ai suivie à la trace un peu partout. J'ai été à Tulsa, où elle avait des parents. Et à Mobile. J'ai été dans toutes les villes dont elle m'avait parlé, j'ai recherché tous les hommes qu'elle avait connus avant moi. Tulsa, Atlanta, Chicago, Cheehaw, Memphis... J'ai battu le pays pendant près de deux ans pour essayer de lui remettre la main dessus.

– Mais ce foutu couple avait disparu de la surface du globe, dit Léo.

– Ne l'écoute pas, dit l'homme à mi-voix, et ne pense pas à ces deux années. Elles ne comptent pas. L'important, c'est cette chose curieuse qui m'est arrivée aux environs de la troisième année.

– Quoi?» demanda le garçon.

L'homme inclina son pichet. Au moment de boire une gorgée de bière, il hésita. Ses narines palpitaient doucement. Il renifla l'odeur de la bière, mais ne but pas.

« Tout d'abord, l'amour est un truc étrange. Les premiers temps, je n'avais qu'une idée : la ramener à la maison. C'était devenu une obsession. Un peu plus tard, j'ai voulu retrouver mes souvenirs. Sais-tu ce qui s'est passé ?

– Non.

– Je m'allongeais sur mon lit, j'essayais de penser à elle et mon cerveau était vide. Impossible de la revoir. Je sortais ses photographies. Je les regardais. Rien à faire. Le vide. Tu comprends ça ? »

Léo se tourna vers un des hommes du comptoir.

« Tu imagines, Mac, le cerveau de ce mec : le vide ! »

L'homme agita la main doucement, comme pour chasser des mouches. Ses yeux verts fixaient avec une attention extrême le visage creux du petit livreur de journaux.

« Brusquement, un éclat de verre sur le trottoir, une pièce de cinq *cents* dans un juke-box, une ombre sur un mur la nuit, et je retrouvais mes souvenirs. Ça m'arrivait dans la rue, sans prévenir. J'en pleurais ou je me cognais la tête contre un bec de gaz. Tu me suis ?

– Un éclat de verre..., dit le garçon.

– N'importe quoi... Je tournais en rond. J'étais incapable de deviner quand ça allait m'arriver, ni comment. On se dit qu'on doit pouvoir se fabriquer une armure. Mais le souvenir n'attaque jamais de face. Il prend des chemins détournés. J'étais à la merci de tout ce que je voyais, de tout ce que j'entendais. Ce n'était plus moi qui fouillais le pays pour la retrouver. C'était elle qui me poursuivait. À l'intérieur de mon âme. *Elle* me poursuivait. Moi. Tu te rends compte, à l'intérieur de mon âme ! »

Le garçon finit par demander :

« Vous étiez où, à ce moment-là ?

– Wooohhh ! répondit l'homme avec un petit grognement. J'en étais devenu malade. Une sorte de petite vérole. Je me suis soûlé, fils, je le confesse, et j'ai forniqué ; j'ai commis tous les péchés dont j'avais envie. J'ai honte de le confesser. Mais j'y suis obligé. Quand je repense à cette période, j'ai comme de la glace dans le cerveau. C'était horrible. »

Il baissa la tête, jusqu'à cogner du front le comptoir. Il resta ainsi quelques instants, avec sa broussaille de cheveux carotte sur la nuque, ses longues mains croisées, aux doigts joints, comme en prière. Quand il se redressa, il souriait. Il avait le visage illuminé, tremblant et très vieux.

« C'est arrivé aux environs de la cinquième année, dit-il. Le vrai commencement de ma science. »

Léo fit une rapide grimace.

« La jeunesse, les gars, c'est pas à nous qu'on la rendrait ! »

Avec une brusque colère, il jeta par terre le chiffon qu'il tenait à la main.

« Vieille lavette de Roméo !

– Il est arrivé quoi ? demanda le garçon.

– La paix, répondit l'homme, d'une voix très haute et très pure.

– Quoi ?

– Difficile d'en donner une explication scientifique, fils. En bonne logique, je crois qu'on s'est tellement fuis l'un l'autre qu'on a fini par être complètement emmêlés, et par s'écrouler en lâchant prise. La paix. Un vide étrange et merveilleux. C'était le printemps à Portland. La pluie tombait chaque après-midi. Je restais sur mon lit jusqu'au soir. Et la science me pénétrait peu à peu. »

Derrière les vitres du bar, le petit jour était bleu pâle. Les deux soldats avaient payé leur bière et se dirigeaient vers la porte. Avant de sortir, l'un d'eux se coiffa et essuya une tache de boue sur ses guêtres. Les trois ouvriers de la filature finissaient leur petit déjeuner en silence. Sur le mur, la pendule de Léo battait doucement.

« Écoute bien ce qui est arrivé. J'ai médité sur l'amour, et peu à peu, j'ai fini par comprendre d'où vient notre erreur. Quand un homme tombe amoureux pour la première fois, de quoi tombe-t-il amoureux ?»

La délicate bouche du garçon était entrouverte, et il ne répondit pas.

«D'une femme. Et il ne possède pas la science. Il ne possède rien de ce qu'il faut pour entreprendre le plus périlleux des voyages qui soient sur cette terre du Seigneur. Il tombe amoureux d'une femme. Exact, fils ?

– Ouais, répondit vaguement le garçon.

– Il commence à apprendre l'amour dans le mauvais sens. Il commence tout de suite par l'apogée. Comprends-tu pourquoi c'est si désolant ? Sais-tu comment l'homme devrait aimer ?»

Le vieil homme avança la main, saisit le garçon par le col de son blouson de cuir, lui donna une petite secousse amicale. Il le regardait fixement, gravement, de ses yeux verts, et ses paupières ne battaient pas.

«Sais-tu comment l'amour devrait débuter ?»

Le garçon était attentif, tout petit sur son tabouret. Il remua doucement la tête. Le vieil homme se pencha et murmura :

«Un arbre, une pierre, un nuage.»

Dans la rue, il pleuvait toujours. Une pluie fine, et douce, et persistante. La sirène de la filature retentit. C'était la relève de six heures. Les trois ouvriers payèrent et s'en allèrent. Dans le bar, il n'y avait plus que Léo, le petit livreur de journaux et le vieil homme.

« Il faisait ce temps-là, à Portland, reprit-il, au moment où ma science a pris forme. J'ai médité et je me suis mis prudemment au travail. Prudemment, au début. J'ai ramassé un objet dans la rue, et je l'ai rapporté à la maison. J'ai acheté un poisson rouge, et j'ai fini par l'aimer. D'une chose à l'autre, je faisais des progrès. Ma technique s'améliorait tous les jours. Sur la route de Portland à San Diego…

– Ta gueule ! cria brusquement Léo. Ta gueule, ta gueule, ta gueule ! »

Le vieil homme tenait toujours le petit garçon par le col de son blouson. Il tremblait. Il y avait de la gravité sur son visage, et de la violence, et de la lumière.

« Pendant six ans, j'ai fait ce chemin tout seul, j'ai mis ma science au point. Maintenant, fils, je suis un maître. Je peux aimer n'importe quoi. Sans même y penser. Je vois une rue pleine de monde. Une admirable lumière me pénètre. Je regarde un oiseau dans le ciel. Je croise un voyageur sur la route. Tout, fils. Tout le monde. Tous étrangers, et tous aimés. Tu te rends compte de ce que représente une science comme la mienne ? »

Le garçon était raide, les mains agrippées au comptoir. Il finit par demander :

« Cette femme, vous l'avez retrouvée ?

– Quoi, fils ? Tu dis quoi ? »

Le garçon reprit timidement :

« Je veux dire, êtes-vous tombé amoureux d'une autre femme ? »

Le vieil homme lâcha le blouson et se détourna. Pour la première fois, il y avait une lueur d'égarement dans ses yeux verts. Il souleva le pichet de bière, le vida. Sa tête bougeait lentement de côté et d'autre. Il finit par dire :

« Non, fils. Ce sera le dernier stade de ma science. J'avance prudemment. Tu vois, je ne suis pas encore prêt.

– Bon ! dit Léo. Bon, bon, bon ! »

Le vieil homme était déjà sur le pas de la porte.

« N'oublie pas », dit-il.

Cerné par la lumière froide et grise de l'aube, il avait l'air rabougri, pitoyable, vulnérable. Mais son sourire était radieux.

« N'oublie pas, fils, je t'aime. »

Il inclina une dernière fois la tête. La porte se ferma doucement derrière lui.

Le garçon resta silencieux un long moment. Il arrangea sa frange sur son front, promena son petit index crasseux sur le bord de sa tasse vide. Puis, sans regarder Léo, il demanda :

« Il était soûl ?

– Non», repondit sèchement Léo.

Le garçon dit, un peu plus fort :

«Alors, c'était un habitué de la drogue?

– Non.»

Le garçon se décida à regarder Léo. Il y avait une sorte de désespoir sur son petit visage sans relief. Il dit d'une voix insistante, surexcitée :

«Alors, il était fou? Léo, tu crois qu'il était fou?»

Mais le doute l'envahit. Sa voix baissa d'un ton :

«Léo, oui ou non?»

Léo ne répondait pas. Il tenait un café ouvert la nuit depuis quatorze ans. Il estimait s'y connaître parfaitement en matière de folie. Il y avait les gens de la ville, et les clients de passage, comme échappés de la nuit. Il connaissait les manies des uns et des autres. Mais il n'avait aucune envie de satisfaire la curiosité de cet enfant. Il resta donc muet, le visage impassible.

Alors, le garçon referma le côté droit de sa mentonnière. Au moment de tourner le dos pour s'en aller, il fit le seul commentaire qui lui parut indiscutable, la seule remarque qui ne risquait pas de faire naître le rire ou le mépris :

«En tout cas, il a beaucoup voyagé.»

# Table

DANS LA MÊME COLLECTION
(Extrait du catalogue)

**Abé Kôbô**
La face d'un autre.
La femme des sables.
L'homme-boîte.
Le plan déchiqueté.

**Allende Isabel**
Les contes d'Eva Luna.

**Amado Jorge**
La bataille du Petit-Trianon.
Cacao.
Les deux morts de Quinquin-la-Flotte.
Le vieux marin.

**Anderson Sherwood**
Tar.

**Ariyoshi Sawako**
Kaé ou les deux rivales.
Les dames de Kimoto.
Les années du crépuscule.

**Baldwin James**
Si Beale Street pouvait parler.
Harlem Quartet.

**Ballard J.G.**
La bonté des femmes.
Fièvre guerrière.

**Bang Herman**
Tine.
Maison blanche. Maison grise.

**Barnes Julian**
Le perroquet de Flaubert.
Le soleil en face.

**Bernières Louis de**
La guerre des fesses de don Emmanuel.
Señor Vivo et le baron de la coca.
La calamiteuse progéniture du cardinal Guzman.

**Blixen Karen**
Sept contes gothiques.

**Bounine Ivan**
Le monsieur de San Francisco.
Le village.
Le sacrement de l'amour.

**Brink André**
Un turbulent silence.
Le mur de la peste.

**Capek Karel**
La vie et l'œuvre du compositeur Foltyn.

**Carver Raymond**
Les vitamines du bonheur.
Tais-toi, je t'en prie.
Parlez-moi d'amour.

**Claus Hugo**
L'étonnement.

**D'Annunzio Gabriele**
Terre vierge.
Triomphe de la mort.

**Desai Anita**
Un héritage exorbitant.

**Ditlevsen Tove**
Printemps précoce.

**Fujiwara Tomomi**
Le conducteur de métro *suivi de* Échec au roi.

**Garcia Morales Adelaïda.**
Le silence des sirènes.

**Geiszler Horst**
Cher Augustin.

**Gorki Maxime**
Tempête sur la ville.

**Goytisolo Juan**
Paysages après la bataille.
Chasse gardée.
Les royaumes déchirés.

**Graves Robert**
King Jesus.

**Hackl Erich**
Le mobile d'Aurora.

**Haïk Farjallah**
L'envers de Caïn.
Joumana.

**Han Suyin**
Ton ombre est la mienne.

**Herlihy James Leo**
Macadam cow-boy.

**Hesse Hermann**
Demian.

**Hoffmann E.T.A.**
Nouvelles musicales.
Les Élixirs du diable.

**Inoué Yasushi**
Confucius
Les chemins du désert.
Combat de taureaux.
Le faussaire.
Le fusil de chasse.
Histoire de ma mère.
Le maître de thé.
La chasse dans les collines.

**Jacobsen Jen Peter**
Niels Lyhne.

**James Henry**
L'autel des morts.
Les papiers de Jeffrey Aspern.
Le regard aux aguets.
Daisy Miller.
Le tour d'écrou.
Impressions d'une cousine.
L'Américain.
Roderick Hudson.

**Johnson Eyvind**
Le roman d'Olof.

**Kadaré Ismail**
Récits d'outre-temps.
Les adieux du mal.
Le firman aveugle.
Concours de beauté masculine.
La ville sans enseignes.

**Kaniuk Yoram**
Confessions d'un bon Arabe.

**Kästner Erich**
Trois hommes dans la neige.

**Kazan Elia**
America, America.

**Kesey Ken**
Vol au-dessus d'un nid de coucou.

**Kharitonov Mark**
Prokhor Menchoutine.

**Kis Danilo**
Le luth et les cicatrices.

**Kivi Aleksis**
Les sept frères.

**Lagerkvist Pär**
Le bourreau.
Contes cruels.
La mort d'Ahasverus.
Le nain.
La sibylle.
L'exil de la terre.

**Lagerlof Selma**
L'anneau du pêcheur.
Les écus de messire Arne.
L'empereur du Portugal.
Jérusalem en Dalécarlie.
Jérusalem en Terre sainte.
La légende de Gösta Berling.

**Lange Hartmut**
Une fatigue.

**Lawrence D.H.**
Ile, mon île.
Le renard.
Matinées mexicaines.

**Luxun**
Journal d'un fou.

**McCarthy Mary**
L'oasis et autres récits.

**McCullers Carson**
Le cœur hypothéqué.
Frankie Addams.
Reflets dans un œil d'or.
La ballade du café triste.
L'horloge sans aiguilles.

**Malerba Luigi**
Clopes.
Le feu grégeois.
Les pierres volantes.

**Mann Thomas**
Tonio Kröger.
La mort à Venise.

**Mansfield Katherine**
Cahier de notes.
La garden-party.
Lettres.
Pension allemande.

**Martinson Harry**
Voyages sans but.

**Meras Icchokas**
La partie n'est jamais nulle.

**Meyrink Gustav**
Le Golem.

**Miller Henry**
Virage à 80.
Max et les phagocytes.
Dimanche après la guerre.
Entretiens de Paris.
Tropique du Capricorne.

**Nabokov Vladimir**
Don Quichotte.
Austen, Dickens, Flaubert, Stevenson.
Proust, Kafka, Joyce.
Gogol, Tourguéniev, Dostoïevski.
Tolstoï, Tchekhov, Gorki.

**Nasreen Taslima**
Lajja.
Scènes de mariage.

**Nicolson Nigel**
Portrait d'un mariage.

**Nin Anaïs**
Les miroirs dans le jardin.
Les enfants de l'Albatros.
Les chambres du cœur.
Une espionne dans la maison de l'amour.
La séduction du Minotaure.

**Oates Joyce Carol**
Solstice.
Confessions d'un gang de filles.
Nous étions les Mulvaney.

**O'Brien Edna**
Qui étais-tu Johnny ?
Les grands chemins.
Lanterne magique.

**O. Henry**
New York tic tac.

**Olivia**
Olivia par Olivia.

**Ozick Cynthia**
La galaxie cannibale.

**Pa kin**
Le secret de Robespierre.

**Penn Warren Robert**
La grande forêt.
Les fous du roi.

**Perutz Leo**
Turlupin.

**Pingwa Jia**
Le porteur de jeunes mariées.

**Prawer Jhabwala Ruth**
Chaleur et poussière.
La vie comme à Delhi.
Cette lutte incertaine.

**Purdy James**
L'oiseau de paradis.

**Queiroz Rachel de**
L'année de la grande sécheresse.

**Radicevid Branko**
Le trou de la serrure.

**Ribeiro Aquilino**
Casa Grande.

**Sackville-West Vita**
Escales sans nom.

**Savinio Alberto**
La maison hantée.

**Schnitzler Arthur**
Madame Béate et son fils.
Mademoiselle Else.
Mourir.
La pénombre des âmes.
La ronde.
Vienne au crépuscule.
L'étrangère.

**Scott Walter**
La fiancée de Lammermoor.

**Singer Isaac Bashevis**
Amour tardif.
La corne du bélier.
Le domaine.
Le manoir.
Ennemies.
Yentl.
L'esclave.
Le fantôme.
Au tribunal de mon père.
Le blasphémateur.
Le beau monsieur de Cracovie.

**Spark Muriel**
Le pisseur de copie.
L'unique problème.
Memento mori.
L'appropriation.
Robinson.
L'abbesse de Crewe.
Demoiselles aux moyens modestes.

**Stangerup Henrik**
Lagoa Santa.
Le séducteur.

**Tanizaki Junichiro**
Deux amours cruelles.

**Tekin Latife**
Contes de la montagne d'ordures.

**Tevis Walter**
La couleur de l'argent.

**Thomson Rupert**
L'Église de Monsieur Eiffel.

**Tolstoï Léon**
La mort d'Ivan Ilitch.
Un cas de conscience.

**Tolstoï Comte Léon L.**
La vérité sur mon père.

**Tourguenieff Ivan**
L'abandonnée.
L'exécution de Troppmann.
Fumée.
Journal d'un homme de trop.
Dimitri Roudine.

**Traven B.**
Le visiteur du soir.

**Tyler Anne**
Toujours partir.

**Uhlman Fred**
Il fait beau à Paris aujourd'hui.

**Undset Sigrid**
L'âge heureux.
Jenny.
Printemps.
Vigdis la farouche.

**Vanderbeke Birgit**
Le dîner de moules.
Apocalypse non!

**Werfel Franz**
Le passé ressuscité.

**Wiechert Ernst**
La servante du passeur.

**Wilde Oscar**
Intentions
De profundis.
Nouvelles fantastiques.

**Wilson Angus**
Saturnales.

**Wolf Christa**
Cassandre.
Aucun lieu, nulle part.
Scènes d'été.
Ce qui reste.
Incidence.
Trois histoires invraisemblables.
Changement d'optique.

**Wolfe Thomas**
De la mort au matin.

**Woolf Virginia**
Orlando.

**Yamata Kikou**
Masako.
La dame de beauté.

**Zweig Stefan**
Amok.
La confusion des sentiments.
Le joueur d'échecs.
Vingt-quatre heures de la vie d'une femme.
Nietzsche.

Cet ouvrage a été composé en Bembo corps 12
par In Folio, Paris

*Impression réalisée sur CAMERON par*

**BUSSIÈRE CAMEDAN IMPRIMERIES**

GROUPE CPI

*à Saint-Amand-Montrond (Cher)*
*pour le compte des Éditions Stock*
*en février 2001.*

54-5342-8

N° d'édition : 10137. — N° d'impression : 010780/1.
Dépôt légal : mars 2001.

*Imprimé en France*

ISBN 2-234-05342-0